집단전을 준비 중인 이탈리아 베르사체

보여주는 전투에 충실한 이탈리아답게 선두의 지
의장용 모델을 내세운다.

군단
획 기체는
타르타로스계 유물조합
[쌍뿔형 나이트 골렘]

권경복 게임 판타지 소설

기갑전기 매서커

GAME FANTASY STORY

기갑전기 매서커 1ㅁ

권경목 게임 판타지 소설

초판 1쇄 찍은 날 § 2011년 1월 4일
초판 1쇄 펴낸 날 § 2011년 1월 11일

지은이 § 권경목
펴낸이 § 서경석

편집팀장 § 서지현
편집책임 § 박우진
편집 § 주소영 · 어정원

펴낸곳 § 도서출판 청어람
등록번호 § 제1081-1-89호
등록일자 § 1999. 5. 31
어람번호 § 제1-1215호

주소 § 경기도 부천시 원미구 심곡2동 163-2 서경B/D 3F (우) 420-822
전화 § 032-656-4452 팩스 § 032-656-4453
http://www.chungeoram.com
E-mail § chungeoram@chungeoram.com

ⓒ 권경목, 2008

ISBN 978-89-251-2402-5 04810
ISBN 978-89-251-1285-5 (세트)

기갑전기 매저커

10

데드 캠프 편

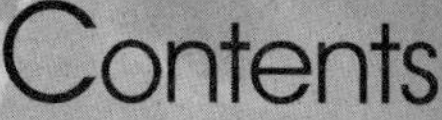

Contents

War 00
풍림화산

機甲戰記
Massacre
기갑전기 매서커

그그궁— 쿵쿵쿵—!!

사막의 낮은 구릉 지대에서 짙은 검붉은 도색의 강철거인이 뿌연 모래먼지를 일으키며 질주했다. 단 한 기였다.

머리 부위엔 황금빛을 머금은 U자형의 휘어진 금속 장식이 멋들어지게 붙어 있었고, 이 화려한 투구 아래엔 사나운 표정의 콧수염이 팔(八) 자로 뻗은 면갑이 부착되어 있다.

백색 바탕에 붉은 원이 그려진 직사각형 천 소재의 깃발이 등 뒤로 높이 자라나 거칠게 펄럭거렸고, 완만하게 굽어진 7미터이의 외날 검과 3미터 50의 외날 단검을 땅바닥을 향해 약간 벌리는 식으로 양손에 나눠 쥐고 있었다.

길게 늘어진 검날을 타고 흐르는 새파란 빛은 사막의 후끈한 열기를 압도하는 차가움으로 넘실거렸다.

중세 일본의 전국시대 무장을 강철거인의 크기만큼 확장시켜 놓은 그림이 이러할 것이다.

화려한 투구의 강철거인은 곧 은빛 덩어리와 조우했다.

은은한 금속색으로 전신이 도색된 채 백색 튤립 문장이 어깨 장갑에 새겨진 중장갑의 강철거인 무리였다.

무리의 수는 대략 오십 기로, 두부엔 백색 금속 수실이 풍성하게 자라나 있었고, 상체를 살짝 가리는 직오각형 방패에 육중한 도끼와 둔기, 프레일(철퇴)로 무장하고 있었다.

이 역시 중세 유럽의 기사를 강철거인의 크기로 확대시켜 놓은 모양이다.

한 명의 사무라이 무장(武將)이 중갑(重鉀)의 유럽 기사들을 상대로 무모하게 달려드는 모양이 이렇지 않을까.

하나 방패를 앞세우고 자세를 낮추며 긴장하는 쪽은 은빛의 강철거인들이었다.

순간 사무라이 강철거인의 이동 속도가 폭주했다.

스팟—!

강철거인의 붉은 잔상이 누런 모래 위에 길게 이어졌다.

그리고 격돌!

은빛 덩어리는 검붉은 점과 접촉하는 순간 크게 출렁였다

이어 새파란 궤적이 난무했고, 그 궤적을 따라 오렌지 빛

섬광이 터져 나왔다.

은빛 덩어리는 붉은 점이 요동치며 휘둘러지는 새파란 궤적에 동가리동가리 났다.

그 궤적엔 파괴적인 오러가 담겨져 있지 않았다.

그럼에도 두꺼운 외장갑은 물론, 견고한 방패까지 한 궤적에 어김없이 두 동강을 냈다.

잘려진 금속 단면은 예기가 느껴질 만큼 깔끔했다.

단 20분이었다, 이 한 기의 사무라이 강철거인이 50기에 달하는 강철거인을 도륙하기까지 걸린 시간은.

100여 기로 막아서려 했어도 그 결과는 마찬가지리라.

사무라이 강철거인 뒤로 거대한 모래 폭풍이 일며 수천 기의 강철거인이 나타났다.

이 무리는 도색과 장갑 모양이 각양각색으로 개성이 충만했지만 금속편을 오려 붙인 투구 장식과 사나운 콧수염 면갑에 등 뒤로 문양이 그려진 직사각형 깃발을 부착한 것으로 보아 이들이 같은 전통을 따르고 있음을 알 수 있다.

곧 이들 반대편으로 모래 폭풍을 일으키며 은빛의 거대한 무리가 나타났다.

두 집단의 대치는 없었다.

서로를 확인하자마자 사나운 기세를 투사하며 나아갔다.

거대한 사무라이 무장들이 부서진 은색 잔해 더미를 먼저 지나쳤다. 그러면서도 잔해 더미에 다리를 걸치고 거만하게 자리한 검붉은 강철거인을 향해 무기를 들어 경의를 표하는 것을 잊지 않았다.

그르릉, 그르릉

사막의 모래가 이 두 집단의 거대한 이동에 비명을 토했다.

두 집단은 상대를 확인하자마자 처음엔 천천히 서로를 향해 걸어나갔다. 이내 거리가 가까워지자 두 집단은 빠르게 마주 달려나갔다.

쫘릉. 으르르릉—!!

맞붙은 두 집단의 강철거인들은 곧 자신만의 돌격 스킬을 터뜨리며 형형색색의 잔상을 만들어냈다. 이 색색의 잔상이 충돌하거나 교차하며 상대편을 향해 침투해 들어갔다.

두 집단 공히 수비는 애당초 생각지도 않은 듯이 사납게 엉기며 격돌했다.

스킬 이펙트와 기다란 무기의 궤적이 엉기며 금속 파편과 금속 파열음을 토해냈다.

이 어마어마한 충돌의 소음은 차라리 무음에 가깝다.

긴 칼과 짧은 칼을 자유자재로 구사하는 사무라이 강철거인들의 활약이 전장 곳곳에서 눈부시게 펼쳐졌다.

이들의 활약이 펼쳐지는 곳엔 어김없이 한 무더기의 금속 잔해 더미가 생겨났다.

바로 이들 때문인가?

스킬이 격돌하며 비등했던 첫 격돌이 있은 지 30분을 넘기자 전황은 사무라이 강철거인들이 주관하는 일방적인 학살로 흘러갔다.

그럼에도 튤립 문장의 강철거인들은 뒤로 물러나려 하지 않았다.

상대에 비해 두 배나 되는 자신들의 수를 믿기 때문일까.

수를 기반으로 몇몇 곳에서 반격의 조짐이 생겼다.

하나 이도 잠시, 이내 두 개의 칼을 사용하는 사무라이 강철거인들이 어김없이 등장해 그 거점을 살육의 장으로 만들어 버렸다.

그렇게 전투는 장장 여덟 시간에 걸쳐 전개되었다.

마침내 떨어지는 석양의 사막 위에 서 있는 것은 사무라이 강철거인들뿐이었다.

사무라이 강철거인들이 저마다 무기를 치켜들며 승리를 자축했다.

그렇게 승리를 확정짓자마자 사막이 흔들거렸다.

그르르르룽!!

순간 전장 한복판의 모래 바닥을 뚫고 정사면체의 구조물이 올라왔다.

그것은 피라미드였다.

사막의 모래 표면을 뚫고 거대한 피라미드가 자라났다.

30분에 걸쳐 서서히 모습을 드러낸 웅장한 피라미드의 크기는 강철거인을 작은 점으로 보이게 만들 정도였다.

피라미드에서 뿌연 빛이 뿜어져 나오기 시작했다.

이 빛의 파장이 모래 위의 사무라이 강철거인들에게 스며들었다.

갈라진 금속 표면으로 파장이 스며들자 상처 난 표면이 아물기 시작했다. 서서히, 그렇지만 누구나 알 수 있을 정도로.

잘려 나가고 떨어져 나간 부위가 원위치에 다시 붙는 식으로 복구되진 않았다.

하나 이 파장의 효력은 비단 표면에만 머물지는 않았다.

사무라이 강철거인들의 장갑 표면을 타고 각양각색의 형광빛이 흐르기를 반복했다.

이는 강철거인 내부의 기동 마법진이 복구되면서 나타나는 전형적인 모양이다.

그랬다.

피라미드에서 뿜어져 나온 빛의 파장은 전장에 서 있는 모든 강철거인들을 첫 출하 상태로 돌려놓거나 수리하기에 최적의 상태로 만들어놓는 효과가 있었다.

오직 승자만이 전투의 피로를 최단 시간에 복구할 수 있음이다.

이것이 은빛 강철거인들이 악착같이 전투에 임한 이유이리라.

곧 사무라이 강철거인들의 거체 속에서 승자들이 모습을 드러냈다.

자신의 강철거인 어깨 위에 올라 검을 하늘 높이 치켜들며 사막이 떠나라 외쳐 댔다.

반자이—! 반자이—!! 반자이—!!!

그렇게 일본 대 프랑스의 8강전 전투는 끝이 났다.

*　　　*　　　*

일본 신(新)무도관.

신축 무도관의 수용 인원은 6만으로, 세계 최대의 실내 문화 공연 공간이다. 그간 수많은 세계적인 스타들이 이곳에서 공연을 가졌다.

그리고 지금 역시 신무도관 내부는 스타의 공연이 벌어지듯이 입추의 여지없이 인파로 메워져 있다.

하나 음악 공연 때와는 다르게 체육관 정중앙에 무대가 만들어져 있고, 그 자리엔 수십 기의 박스 형태의 가상 단말기가 설치되어 유저들이 탑승한 채 조용히 가동되고 있었다.

반면, 돔 천장 아래의 공간은 어지럽고 화려한 입체 동영상이 장내를 가득 메울 정도로 흐르고 있었다. 입체 영상이 토해내는 효과음은 현장감이 고스란히 담겨 실내를 울렸다.

화려한 영상과 효과음이 실내에 가득 충만했지만 관객들

은 고요했다.

　그저 너나 할 것 없이 조용히 두 손을 모은 채 빠르게 흐르는 입체 영상에 집중할 뿐이었다.

　문제의 영상은 일본 대 프랑스의 8강전.

　치열한 전투의 막바지를 그려내고 있었다.

　그리고 거대한 피라미드의 입체 영상이 서서히 실내를 가득 메워가는 상태에서 끝이 났다.

　이내 체육관은 '반자이'를 목이 터져라 외치는 일본 골렘 오녀들의 함성으로 가득 찼다.

　그때까지 관객들은 조용했다, 마치 어떤 한순간을 기다리는 듯이.

　곧 무대 위의 가상 단말기가 열리며 수많은 인물들이 등장했다. 그 수는 정확히 49인이었다.

　이들의 복장은 특이했다. 일본 전통 시대극에나 등장하는 사무라이의 의복인 '하카마'를 걸치고 있었는데, 하카마엔 개인적인 차이가 있긴 했지만 하나같이 화려한 벚꽃 문양이 수놓아져 있었다. 허리엔 흔히 일본도로 알려진 '카타나'라 부르는 큰 칼과 작은 칼이 비껴 포개져 있었다.

　이마 정중앙만 밀지 않았지, 고대의 사무라이와 한 치도 다를 바 없는 차림이 아닐 수 없다.

　모습을 드러낸 49인은 관객들을 향해 허리에 찬 도를 뽑아 들었다.

49개의 도가 조명에 반사되며 일본도 특유의 새파란 살기가 뿜어냈다.

반자이—!!!

반자이 선창이 49인의 사무라이의 입에서 날카롭게 터져 나오자 관객들은 기다렸다는 듯이 두 팔을 치켜들며 '반자이'를 목이 터져라 외쳐 댔다.

폭이 수미터가 넘는 거대한 일장기와 2차 세계대전 당시의 일본 해군기인 욱일승천기를 난간 아래로 떨어뜨려 펼치며 반자이 함성에 맞추어 흔들어댔다.

관객들의 손에는 너나 할 것 없이 일장기가 쥐어졌고, 선창에 따라 팔이 하늘을 향해 올라갈 때마다 관중석은 붉은 파도로 출렁거렸다.

광기의 일체감 속에 관중 사이에서 소리를 억제하며 흐느끼는 관객도 쉽게 보였다.

신무도관의 내부는 입체 영상에서 흐르는 함성과 관중들이 뿜어내는 환호가 공명해 우르르 떨렸다.

질서정연한 광란의 도가니가 이럴까.

그렇게 49인의 사무라이가 선동한 광기의 합창이 3분간이나 이어지다가 49인의 사무라이가 검을 내리자 함성은 뚝 그쳤다.

……,

후끈한 열기는 그대로인 채 기이한 정적이 흘렀다.

이제 관객의 차례였다.

관객들은 일제히 무대 중앙을 가리키며 시를 암송하는 듯한 속도로 외쳤다.

"두 개의 검이 파도를 가른다! 무— 사— 시—!!"

이에 무대 위의 인물 가운데 장신의 한 청년이 두 개의 일본도를 뽑아 들고 검무를 추기 시작했다.

앞으로 나선 청년은 20대 중반의 잘생긴 원숭이가 연상되는 모습에 얼굴에는 한껏 자부심이 넘치는 미소가 배어 있었다.

청년의 동작은 결코 요란하지 않았다. 그저 발끝이 무대 바닥에 자석처럼 붙은 양 절도있는 동작으로 움직였다.

검무라 하기엔 절도있는 정형이 담겨 있는 동작의 연속이었다.

베고, 가르고, 찌르고… 단순한 동작의 조합만으로 그만의 공간이 만들어졌다.

단순하면서 절도있는 사무라이의 개인 연무 그림이 이러했으리라.

청년의 시연이 끝나자 관중들이 다시금 기이한 운율로 외쳤다.

"검끝에 벚꽃이 지는구나 고·에·몽—!!"

외침과 동시에 이번엔 구레나룻에 긴 팔을 늘어뜨린 다부진 체구의 청년이 나섰다. 이번에도 역시 발바닥이 무대 바닥에서 떨어지지 않는 식으로 미끄러지듯이 걸었다.

그는 무려 도신(刀身)의 길이가 1미터 50에 달하는 일본도로 고유의 동작을 만들어갔고, 역시나 그만의 공간을 만들어냈다.

부우우욱— 기다란 일본도가 공간을 가르는 소리가 관객들의 귀에 선명하게 들렸다.

나무로 만든 가검(假劍)이 아닌 실검(實劍)이었다.

그렇게 관객들의 부름에 맞추어 현대 사무라이들의 호응이 이어졌다.

관중의 부름에 응한 사무라이들의 얼굴엔 저마다 자긍심이 충만했다.

49인에 대한 특유의 호명이 끝나자 우레와 같은 함성과 박수가 터져 나왔다.

49인의 이름을 모두 외우고, 수많은 대중이 자신의 이름을 불러주니 서로가 대견한 것이리라.

무도관은 다시금 들썩였다.

그렇게 49인에 대한 열광은 여느 대중 스타가 불러일으키는 호응도를 넘어서는 것이었다.

과연 이들이 누구란 말인가?

그렇다. 이들이 바로 일본이 자랑하는 49인의 사무라이들이었다.

일본이 자랑하는 E&T 헤비 유저들로, 대다수가 세계 랭커에 올라 있다.

하지만 드러난 복장에서 알 수 있듯이 이들은 원래 E&T 유저들이 아니었다.

사실 이들은 일본에서 개발한 일본 전국시대를 배경으로 하는 '풍림화산'이라는 가상 게임의 헤비 유저로 출발했다.

이들이 활약한 풍림화산은 지금도 일본에서 무려 2천만 명이 즐기는 국민 게임으로, E&T와 함께 가상 게임의 양대 산맥을 이루고 있다.

풍림화산은 높은 가상 환경을 제공함에도 고착적인 봉건적 세계관으로 인해 전 세계를 대상으론 흥행에 성공하지 못했다.

거기다 한국엔 아예 서비스 자체가 이루어지지 않았다.

배경이 전국시대인만큼 유저 사이에 과격하고 엽기적인 칼부림이 다반사로 벌어졌고, 서비스 초기엔 한 달에 두세 명이 플레이 중 쇼크사 사고를 일으키기도 했다.

잘라낸 수급을 허리춤에 묶고 덜렁거리며 돌아다니는 게 일반적인 풍경이라 하드코어 랭킹 1위의 가상 게임이라는 데 이론의 여지가 없을 정도였다.

여하튼 무대 위의 이들은 모두가 쇼군을 목표로 전국시대의 무장과 떠돌이 낭인이 되어 가상의 전국시대를 누볐다.

그런 그들이 일본 E&T에 접속한 것은 불과 2년이 채 되지 않았다.

처음엔 이들 역시 신참자로서 E&T 접하곤 고전을 면치 못했다.

판타지적인 세계관이 문제가 아니었다.

강철거인 시스템은 이들에게 하나의 거대한 장벽이었다.

슈팅 아머의 확장판인 강철거인은 고무도로 단련된 그들로서는 도저히 몰입할 수 없는 즐길 거리였다.

강철거인… 이중 동화율의 장벽!

풍림화산이 배출한 사무라이 중의 사무라이인 이들 쇼군들은 동화율 속에 또 다른 동화율이 있는 E&T의 구조에 적응하지 못해 조롱거리로 전락하기 직전이었다.

풍림화산에서 무소불위의 폭력을 휘두르던 그들이 아니던가.

그러니 오죽 원수들이 많았으랴.

그 원수들이 E&T 세계에서 그들을 노렸다.

49인의 사무라이들은 몰이사냥의 대상으로 전락해 쫓겨다녀야 했다.

한데 관중들이 제일 처음 언급한 청년인 무사시가 49인 가운데 처음으로 이중 동화율의 벽을 깨뜨렸다.

쫓기는 가운데 무사시는 한 기의 강철거인으로 11기의 강철거인을 베어버렸다. 큰 칼과 작은 칼을 이용한 '이도류'는 강철거인에 탑승한 상태에서도 그 무자비함과 효율성을 여실히 드러냈다.

파죽지세!

이후 그를 막을 수 있는 유저는 일본 E&T 내에 없었다.

그렇게 무사시를 시작으로 다른 쇼군들도 E&T에 하나둘 안착했다.

이후 이들은 E&T 특유의 판타지적 모험가 세계관을 '풍림화산' 식의 고착적인 봉건적 세계관으로 개조해 버렸다.

풍림화산이나 일본 E&T나 다를 바 없어져 버린 것이다.

참고로 인도는 그들 정신에 각인된 카스트 제도를 E&T 세계에 옮겨놓았고, 유럽 다수 국가들 역시 기사도에 입각한 봉건영주제를 구현했다.

즐기는 일본 유저 대다수가 힘센 우두머리를 좇아 '무사도' 에 기반을 둔 전국시대식으로 게임을 즐기겠다는데 어쩔 것이랴.

이것이 바로 풍림화산의 E&T 침공이라 부르는 이유다.

이들의 준비된 능력도 능력이지만, E&T 자체가 '유저가 만들어가는 게임' 이라는 유연성 때문에 이러한 현상이 쉬이 용납되었다.

한데 하나의 콘텐츠에 대한 충성도가 높은 일본인 특성을 제쳐 두고 이들이 E&T에 접한 이유는 무엇일까?

풍림화산이 전 세계인을 상대로 흥행한 콘텐츠는 아니었

다. 반면 E&T는 전세계적으로 성공을 거두었다.

그리고 E&T에만 있는 시스템.

그렇다, 세계를 상대로 한 국가 대항전!

전 세계인을 상대로 자신의 기량을 뽐낼 수 있는 장이 E&T에 생겨났다.

이들은 수년 동안 일본 최고임을 인정받은 존재들이다.

당연히 세계적으로도 자신의 능력을 확인할 기회를 찾고 있었다.

그리고 마침내 E&T에서 길을 찾았다.

이들은 풍림화산을 플레이하며 다져진 하드코어적인 감성과 현실의 삶에서 단련한 일본 고무도를 기반으로 자신들이 세계 최고임을 확인하고자 함이다.

그리고 오늘 자신들의 진가를 세계인들에게 깊이 각인시켰다.

무사시는 프랑스의 최정예 기사단인 튤립 기사단을 상대로 자신의 능력을 유감없이 발휘했다.

초반의 개인 대 집단 대결이 그 그림이었다.

그 누군가를 의식한 단독 돌격이 아닐 수 없었지만, 무려 백여 기가 넘는 프랑스의 강철거인이 두 개의 칼이 만든 궤적에 너부러졌다.

이어 무사시의 뒤를 48인의 사무라이가 따랐다.

프랑스의 자부심인 11개 기사단이 구축한 철벽의 마지노

병진이 종잇장처럼 찢겨 버렸다.

　프랑스로서는 조직적인 반격이 저지당하며 반격의 기회를 번번이 놓칠 수밖에 없었다.

　이들의 칼부림이 있는 곳은 어김없이 살육의 장소로 화했으니… 전 세계를 상대로 확실히 일본 가상 인류의 우월함을 유감없이 보여주었다.

　48인 한 사람, 한 사람이 전부 무사시였다.

　이에 경기가 끝나자마자 일본의 매스컴이 광분해 외쳐 대기 시작했다.

　우리 일본엔 49인의 매서커가 있다!

War 01
흑막

機甲戰記

Massacre

기갑전기 매서커

일본과 프랑스의 전투 영상이 끝나자 큰곰이 툴툴거렸다.

"우― 사기 아이템은 꼭 일본 애들을 줘요."

작은곰이는 그러려니 하는 분위기였다.

하지만 심기는 불편한지 어투는 시니컬했다.

"저 정도는 돼야 할 만하지."

그러면서 시선은 지오를 향했다.

지오는 길쭉하게 웃으며 답했다.

"형들, 대박 터졌네요."

"……?"

"저렇게 강철거인을 전부 살려놓으면 우리가 먹을 게 늘어

나는 거잖아요."

"……."

"배 터지라고 살려놓은 거, 배 터지게 먹어줍시다."

지들이 좀비야?!

 *   *   *

한국의 4강 상대는 일본. 사무라이 재팬.

한국을 상대로 늘 숙적의 지위를 누리고 있었지만 어느샌가 그마저도 박탈당해 버린 나라.

국가는 부유하지만 국민은 저렴한 삶을 당연히 받아들이는 나라.

중국이 분열되면서 혼란의 기간을 거치는 동안 반짝 활황을 구가했다.

하나 지금에 이르러 경제는 셋으로 분리된 중국에 추월당했고, 스포츠는 각 분야에서 한국에 압도당해 세계적인 자랑거리는 현저하게 줄어버린 지 오래다.

침체와 역동, 역동 뒤 도약, 도약 뒤에 커다란 갈등과 혼란을 반복하는 한국에 비해 영원한 노인국가가 되어버려 나라 전체에 활력을 찾을 길이 없다.

해 저문 나라… 해가 뜨지 않는 나라……

그렇게 현재의 일본인들은 잃어버린 백 년이라 말하며 깊은 무기력에 빠져 있었다. 한국이 '철없는 청년' 이라면 일본은 '골방 늙은이' 에 비유되고 있는 상황.

하나 일본은 잉여 문화의 발상지, 아니, 본고장.

높은 잉여 지수를 수십 년간 세계 최고로 유지해 온 나라다.

그리고 그 잉여 인간들을 위한 국가 대항전이 벌어졌다.

처음 대다수의 일본인들은 오타쿠, 니트, V세대, V타입으로 대변되는 잉여 인간들의 세계적인 축제 정도로 여기며 그러려니 했다.

그런데 일본에서 세계적인 흥행 태풍이 발생했다.

초반은 그들만의 축제로 치부되어 국민적인 관심을 끌지 못했었다. 아니, 외면당했다. 한데 국민적인 관심이 쏠리며 지금은 커다란 상업적 성공으로 이어지는 중이다.

처음엔 한국의 놀라운 선전에 가려졌지만 시간이 흐르자 일본 3천만 가상 덕후들이 태풍의 눈으로 부상했다.

이 어마어마한 인원이 똘똘 뭉쳐 E&T 참전자들에게 물심양면의 지원을 아끼지 않은 것이다.

대형 작업장이 주도하는 한국과 달리 일본은 팬클럽식의 봉사가 만들어낸 성과였다.

여하튼 백 년간 축척된 일본 3천만 가상 덕후의 저력은 어마어마했다.

일본이 보유한 이 '잉여력'을 국가 대항전에서 무제한으로 분출했다. 아니, 무제한 방사에 가까웠다.

전 세계를 향해 당당하게 태풍의 상륙지가 아닌, 태풍의 발생지를 자처할 정도로 그 바람이 거세게 일더니… 지금은 전 열도의 일반 시민들까지 흥분의 도가니로 몰아넣어 버렸다.

우리 일본에게 이런 저력이 남아 있었다니!

스페인, 캐나다, 남아공을 가볍게 눌러 16강에 안착하며 보여준 일방적인 승리와 압도적인 위용은 뭘 해도 냉담하기만 하던 일본 시민들의 관심을 불러들였다.

본선 16강에서 비등한 전력인 영국을 일방적으로 몰아붙이더니, 8강 상대이자 두 배 많은 전력을 보유한 프랑스마저 눌러버리는 순간, 전 열도가 흥분과 감격의 도가니에 빠져들었다.

연전연승, 파죽지세!!

그 어떤 스포츠 분야에서도 이들 나라를 능가한 적이 없는 일본이 아니던가.

잃어버린 한 세기라며 무기력에 빠져 있던 일본이 드디어 깨어났다며 일본 언론이 호들갑을 떨어댔다. 잉여 인간들을 사회 부적응자로 매도하던 바로 그들이 말이다.

들러리로 밀려나지 않으려 발버둥치는 각종 매체와 신군국주의 정치인들이 호들갑을 떨며 이 대열에 가세했다.

유례없는 단체 응원이 실내 체육관 등지에서 벌어졌다.

단지 거리로 나오지 않는 점은 여전히 일본인답다 할까.

그렇게 일본의 각종 경기장들이 응원 인파로 미어터졌다.

1만 이상의 단체 응원 장소만 전국에 500곳이 넘었다.

일본인들을 빚더미에 주저앉힌 과잉 인프라가 빛을 발휘하는 순간이었다.

이 응원 인파가 뿜어내는 열기에 열도의 주요 도시들이 흠뻑 빠져들며 광기로까지 발전하는 중이다.

국가 대항전 경기의 전 세계 중계 수익 12%가 일본에서 발생할 정도로 일본 국민들의 지지가 모아지기에 이르고, 관련 상품이 홍수같이 쏟아져 나와 유례없이 팔려 나갔다.

그리고 때마침 한국에서 터진 스캔들!

일본인들에겐 커다란 호재가 아닐 수 없었다.

한국 검찰, 연기금 운용담당자 소환조사 임박!

한국인들, 대한민국 정부에 분노!

한국 E&T, 스캔들에 침묵으로 일관, 한국 유저들 낙담!

주요 방송 시간대마다 어김없이 한국에서 터진 스캔들을 보도하며 일본인들의 자긍심을 한껏 고무시켰다. 더불어 늘 사회의 문젯거리로 취급하던 잉여 인간들을 새로운 영웅으로 포장했다.

방송은 도심 구석구석, 시골의 외진 농장까지 훑으며 국가 대항전에 참가한 평범한 일본 E&T 유저들을 영웅으로 묘사해 등장시켰다, 골방에 가상 단말기만 있으면 행복한 그 인간들을.

자신의 취미를 위해 아르바이트조차 하지 않고, 친구도 없이 가상의 세계에 빠져 홀로 사는 이들을 과거 풍요로운 시대에 등장한 '신인류'에 대비해 '잉여 인류'라 칭하며 개탄하던 일본 언론이 아니던가.

잉여 인간, 잉여 인류, 잉여 도시, 가상 인류… 온갖 부정적인 단어들에 긍정적인 의미가 부여되었다.

이들이 사회 문젯거리가 전혀 아니라는 주장이 당당하게 퍼져 나갔으니… 방송은 외쳐 댔다.

우리는 이날을 위해 백 년간 잉여력을 비축했다!
100년 잉어력 대폭발!!
잉여지수를 높여라!

이 선정적인 호들갑에 일본 국민들은 지금 고개를 끄덕이며 납득하고 있다. 이마저도 대세 지향의 일본인답다고나 할까.

그 누구라도 골칫덩어리가 골칫덩어리가 아니라는데, 이보다 좋을 수 없음이다.

그중 대표적인 사례로 매일 열여덟 시간씩 가상 게임에 빠져 부모의 근심거리였던 가상 덕후 아들을 일본이 배출한 불세출의 영웅으로 치켜세우는 사건이 있었다.

원래 이 문제아 아들은 49인의 사무라이를 흠모하는 평범한 E&T 유저일 뿐이었다. 하지만 국가 대항전에 참전해 각국의 강철거인 37기를 노획했다.

그런데… 그 노획한 강철거인을 '쇼군'이라는 팬클럽에 무상으로 기부해 버렸다.

37기나 되는 강철거인을 말이다.

한국에서나 전 세계적으로나 일대 사건이 아닐 수 없었다.

광인의 순수성이거나 팬클럽 운영에 모종의 내막이 있는지는 알 수 없다. 단지 어떤 식으로 포장되는가의 문제만 남은 것이다.

포기한 자식이 전 세계가 존경해 마지않는 인사라니!

멍하고 얼떨떨한 아들에게 '다행이다, 다행이야!'를 연발하며 눈물을 터뜨리는 부모의 그림은 한 편의 가족 드라마로 만들어져 전 일본 열도를 울음바다로 만들었다.

그에게 지고의 잉여인이라는 의미에서 '잉여왕'이라는 닉네임이 붙여졌다.

아무튼 그 후 비슷한 유형의 속보이는 영웅 마케팅이 일본 매체들 사이에 범람했다.

그리고 이 기회를 놓치지 않으려는 꼴불견들이 등장했다.

이마엔 일장기가 그려진 하얀 머리띠를 두르고 파일럿 점퍼를 착용해 태평양 전쟁 당시의 가미가제 파일럿을 연상시키는 복장으로 활보하는 무리들이 있었다.

바로 신군국주의자들이었다.

과거 같으면 꼴불견 중의 꼴불견이라 치부될 만하지만 이들이 쇼군 팬클럽의 유력 후원자들이라는 이유만으로 대중에게 지지받는 존재로 부각되었다.

신군국주의자들의 대두는 일본 사회에 드리워진 한 세기에 달하는 골 깊은 불황이 만들어낸 어두운 그림자 자체였다.

하지만 지금은 누구도 감히 거스를 수 없는 대세가 된 그들.

신대동아 공영을 구축하자!
자위대를 일본군으로!

과거였더라면 외면받을 주장과 구호가 E&T 응원 문구와 함께 버젓이 거리에 걸렸다.

이들은 미국에서 인종 폭동을 유발시킨 '신KKK단' 처럼 불법적인 활동을 하지 않았다. 하나 야금야금 무시 못할 정치 세력으로 성장을 거듭해 일본 사회의 주류로 자리를 잡아버렸다.

일본 시민들은 겉으론 이들의 주장과 구호에 지지를 보내지 않았지만 속으론 열렬한 박수를 보내고 있음이다.

*   *   *

현 일본의 분위기는 과거의 과오를 잊을 정도로 오만하게 흐르고 있었다.

그리고 여기 모처의 전통 요정에서 일본의 새로운 꿈이 펼쳐지고 있었다.

일본 전통 형식의 다다미방, 크기는 족히 300명을 수용할 정도로 넓었다. 단 아래에서 사미센 선율에 따라 게이샤들의 일본 전통 가무 공연이 펼쳐지는 가운데 분위기는 화기애애하게 흐르고 있다.

바닥에서 한 치 높은 상좌에 자리한 7인의 노인은 사람 좋아 보이는 푸근한 미소를 흘리며 한 칸 아래의 좌우 일렬로 도열한 사무라이 차림의 청년들과 여성들을 뿌듯한 눈으로 굽어보고 있었다.

청년과 여성들은 바로 49인의 사무라이였다.

이들 옆에는 밀랍인형같이 화장한 게이샤들이 양옆으로 한 명씩 붙어 술시중을 들고 있다.

젊은 그들이건만 이런 행사가 한두 번이 아닌 듯 자연스럽게 게이샤들에게 농을 건네며 시중을 즐겼다.

장내는 승리의 여운이 가득 흐르는 가운데 호기에 가득 찬 호탕한 웃음으로 넘쳤다.

호방한 건배 선창에 따라 잔술이 수십 배나 돌았고 청년들은 곳곳에서 흐트러진 모습을 드러냈다.

상체가 드러난 게이샤와 묘하게 얽혀 있는 그림이 곳곳에서 펼쳐졌다.

49인의 사무라이 가운데 열일곱 명이 여성이지만 그들 역시 겉으로는 아무렇지도 않은 듯이 흐르는 공기처럼 담담하게 받아들이고 있었다.

술, 음식, 음악, 춤, 의상, 게이샤, 전통 양식의 정원…….

그림만으론 중세 사무라이들의 연회를 고스란히 옮겨온 듯했다.

일반인들로서는 상상도 못할 최상의 연회가 아닐 수 없다.

이 시대에 이런 호사는 바로 상좌에 자리한 7인이 있기에 가능했다.

상좌의 인물들은 이들의 팬클럽인 쇼군의 상담역을 맡고 있는 정재계의 요인들이었다.

이들의 면면을 보라.

전 총리, 재벌 총수, 현역 의원에 야쿠자 총수까지…….

일본을 움직이는 거물들이 아닐 수 없다.

상담역이라는 타이틀을 달고 있지만 팬클럽의 핵심 중 핵심이 바로 이들이리라.

바로 이들이 49인의 사무라이를 위해 프랑스전 승리의 뒤풀이를 거하게 베풀고 있는 것이었다.

연회 분위기가 한껏 고조된 가운데 7인의 상담역은 서로 눈으로 의사를 전달하자마자 조용히 하나둘 자리를 떴다.

49인의 사무라이가 이들의 부재를 반기며 더욱 질펀하게 게이샤들과 얽혀들었다.

그리고 곧 상좌 가까이에 자리한 몇몇 사무라이가 자리를 떴다.

요정 별채.

자리를 옮긴 7인의 상담역과 49인의 사무라이 중 무사시를 비롯한 6인의 사무라이가 자리하고 있다. 쇼군 팬클럽의 핵심 인물들이라 하겠다.

술기운으로 불콰해진 얼굴로 마주한 두 무리 사이엔 뒤풀이 장소에서의 흐트러짐은 전혀 찾아볼 수 없는 무거움이 흐르고 있다.

이 묘한 긴장감을 먼저 깬 것은 상담역의 노인들이었다. 그들은 차례로 무사시를 향해 찬사를 토해냈다.

"무사시 군, 아주 훌륭했다."

"하핫. 감동했다, 무사시! 깔끔한 허리 베기였다."

"과연, 과연 우리 무사시! 진정한 일본의 사무라이!!"

얼굴 전체에 가느다란 주름이 잡혀 잘생긴 원숭이가 연상되는 청년이 급히 머리를 조아리며 이들의 찬사에 답했다.

"모두 어르신들의 보살핌 덕분입니다. 이 무사시, 이번에도 기대에 부응할 수 있어서 그저 감읍할 따름입니다."

그런 무사시의 조아림을 다른 사무라이들은 차가운 눈으로 바라보거나 몇몇은 노골적으로 고개를 돌렸다.

치하의 말이 다른 사무라이들에게도 건네졌지만 사무라이

들은 무사시와는 달리 다다미 바닥에 손가락을 살짝 짚으며 말없이 천천히 머리를 조아릴 따름이었다.

이들이 사무라이다운 예를 취했음에도 진정성이 담겨 있진 않았다.

다시 한 번 묘한 기류가 이들 사이에 흐르고, 무사시가 머쓱하게 웃으며 입을 열었다.

"동료들은 이런 호사가 마음에 들지 않나 봅니다. 저 역시 이런 고급 요정은… 왠지 하카마를 버리고 양복을 걸친 느낌입니다."

상담역들이 껄껄 웃음을 터뜨렸다.

"허허헛, 가상의 삶에서 일본 전통을 지키기 위해 고군분투하는 이들이 현실에서 접하는 일본 전통이 양복이라니… 역시 젊어."

"게이샤는 우리 같은 늙은이들의 문화라는 건가?! 젊은이다운 고지식함이라 봐야 하나? 거참."

고급 요정에서 게이샤와 즐기는 유흥은 전형적인 남성만의 밤문화가 아니던가.

무사시를 포함한 7인의 사무라이 가운데엔 두 명이 여성이고, 49인의 사무라이 가운데에도 열일곱 명이나 되는 여성이 포함되어 있다.

그러니 이런 자리가 계속될 때마다 여성 사무라이들의 불만은 커질 수밖에 없었고, 상담역들이 일본 정재계의 거물들이라 노골적으로 말을 못하고 있을 뿐이었다.

상담역 중 눈이 고리처럼 휘어져 늘 웃는 얼굴을 한 노인이 입을 열었다.

"즐기지 않는 문화는 문화가 아니야. 즐기는 것도 문화를 지키는 거야. 그리고 자네들은 호사를 즐길 자격이 있어. 나는 자네들이 일본의 마지막 남은 사무라이라고 생각하네."

그의 말에 상담역 전원이 공감을 표하며 고개를 끄덕였고 무사시를 포함한 사무라이 전원이 그를 향해 급히 고개를 숙였다.

이 고리눈의 노인은 10선의원에 총리대신을 두 번이나 역임한 정치인으로, '일본의 돌부처' 라는 별명이 붙어 있다.

겉으로는 은퇴했지만 여전히 정재계를 아우르는 막후 조종자의 역할을 왕성하게 하고 있다.

이후 별채의 분위기는 이 고리눈의 노인과 무사시가 주도해 나갔다.

"무사시 군, 그래, 한국을 상대할 방책은 준비되어 있나?"

무사시가 씁쓸하게 웃으며 뒷머리를 긁었다.

"그것이……."

이는 무사시가 무언가 부탁할 게 있을 때 취하는 표정과 행동이다.

"이제야 비로소 우리의 힘이 필요한 것이로군. 무기력한 일본에 활력을 불어넣을 수 있는 절호의 기회 아니던가?! 일본의 승리가 절실한 것은 자네들이 아니고 바로 우리들이야. 이런 천재일우의 기회를 놓치고 싶지 않으니 말만 하게, 뭐.든.지."

고리눈의 노정객은 마지막 단어에 힘을 실어 발음했다.

무사시는 장난스럽던 자세를 고쳐 잡고 말했다.

"한국을 이길 수 있습니다. 모든 면에서 저희가 월등합니다. 확실히 압도할 수 있습니다."

"그런데?"

"하나 이겨도 상처뿐인 승리자는 되고 싶지 않습니다."

"상처뿐인 승리자라……."

"어르신들, 시뮬레이션을 돌려본 결과, 이겨도 저희 전력의 55%가 재기 불능 상태에 든다는 예측치가 나왔습니다."

"호오, 이거… 곤란한데."

"게다가… 49인의 사무라이 가운데 반수가 결승전에 참전 불가능할 타격을 입을 것이라는 예측입니다."

"음… 한국의 저력이 무섭긴 하군."

"어르신, 전 한국만 이기고 싶은 게 아닙니다. 미국을, 중국을 꼭 이기고 싶습니다."

무사시의 열의가 가득 담긴 말에 장내는 긴 침묵이 흘렀다.

이윽고 고리눈의 노인이 입을 열었다.

"무사시 군이 부탁을 해도 크게 부탁할 모양인데… 어디, 배에 힘 좀 주고 들어볼까."

무사시를 바라보는 고리눈 노인의 눈엔 뿌듯함과 따뜻함

이 가득 담겨 있었다.

무사시가 말했다.

"그럼 부탁드리기 전에 전반적인 상황을 설명드릴 필요가 있겠군요. 어이, 고에몽. 어르신들에게 상황 설명을."

무사시가 고에몽을 호명하자 다부진 체구에 가느다란 눈의 청년이 무릎걸음으로 앞을 향해 조금 나섰다. 고에몽은 어깨높이에 이르는 큰 칼 하나를 자유자재로 다루어 무사시에 버금가는 명성을 49인의 사무라이 내에 쌓고 있다.

앞으로 나선 고에몽이 머리를 조아린 상태에서 말했다.

"저희가 한국을 이기면 결승전의 상대는 미국 아니면 중국입니다. E&T 특유의 즉흥적인 이벤트로 인해 누가 결승전에 오를지는 확실히 예측하기가 힘듭니다. 솔직히 표현하자면, 누구의 로비가 어떻게 먹히느냐가 관건입니다."

고에몽의 차분한 설명에 다들 고개를 끄덕였다.

자신들이 승리한 프랑스전도 약간의 로비가 들어간 터였다.

전략 거점인 피라미드 이벤트가 바로 그것이다. 때문에 강적 프랑스를 제압하고도 전력 손실이 불과 12%밖에 되지 않을 수 있었다.

"저희는 프랑스전에서 12% 전력 손실을 보았지만, 반대로 2천3백 기에 달하는 나이트 급 강철거인을 노획했습니다."

"오ㅡ"

노인들이 기분 좋은 탄성을 터뜨리자 고에몽의 실눈이 길게 늘어나며 말이 이어졌다.

"지금까지 노획한 강철거인들의 수는 프랑스전을 포함해 5천 기에 달합니다. 현재 이 전력 전부가 결승전을 대비해 수리에 박차를 가하고 있습니다."

짝짝짝—!

흡족하다는 기분이 느껴지는 세 번의 짧은 박수가 있었다.

"그럼 결승전 대상인 두 국가의 대략적인 상황을 보겠습니다. 먼저 미국입니다. 미국은 한국에게 패한 것을 거울삼아 미국 전 영역에 흩어진 E&T 서버를 한시적으로 통합했습니다."

그랬다. 미국이 한국에 패한 것은 미국으로선 불의의 일격이었지만, 한편으로는 정신을 번뜩 들게 만들었다.

일명 북미 서버 총동원력 발동!

"한국을 상대한 미국 팀은 미국 서부를 관할하는 LA 서버가 주축이었습니다. 다른 서버에선 그저 수십 기만이 구색 갖추기로 참전했죠. 하나 현재는 LA 서버, NY 서버, 시카고 서버, 마이애미 서버, 텍사스 서버까지 총 다섯 개 E&T 서버가 뭉쳐 거대한 단일 세력으로 거듭났습니다."

"……."

"하여 운용 가능한 강철거인 전력이 8천 기에 육박하고 있습니다. 나름의 붐이 일고 있기에 1만 기도 충분히 가능하다는 이야기에도 힘이 실리고 있습니다."

"호오~"

말인즉 일본의 두 배에 달하는 거대 전력이었다.

"그럼 중국으로 넘어가겠습니다. 중국의 경우도 미국과 마찬가지입니다. 현재 중국은 북경과 남경, 중경을 중심으로 한 세 개의 정치권력이 분리된 상태에 있습니다. 이 세 개의 중국은 이번 E&T 대항전을 정치적으로 이용하려 하고 있습니다. …국가대항전에 세 개의 국가권력이 경쟁적으로 깊이 개입된 상황입니다."

역사적으로 보자면, 돈으로 대동단결한 중국이 돈 때문에 수십 갈래로 나뉘어졌다. 그러다 30년 전, 세 개의 중국이 대륙에 자리 잡아 정치적인 안정기에 들어서기에 이르렀고, 경제적으론 다시 한 번 세계 공장으로 돌아왔다.

정치 삼분, 경제 일통이라는 나름 설득력있는 체제가 현 대륙이 처한 상황이었다.

그렇게 현재 대륙엔 세 개의 중국이 정치와 경제 등 각 분야에서 경쟁하고 있는 중이었고, 하나의 중국을 지향하며 연대를 모색 중이기도 했다.

그리고 그 연대의 중심엔 가상 사회가 있었다.

"현재 중국의 E&T 서버는 북경 서버와 남경 서버, 상해 서버, 중경 서버, 그리고 홍콩을 포함한 심천 서버로 나누어진 상황입니다. 하나 이들 역시 미국을 목표로 한시적인 통합을 한 상황입니다. 여전히 중국 대륙의 분열은 미국이 깊이 개입했다고 생각하고 있으니까요. 공동의 적이라는 거죠."

"쯧쯧……."

"아무튼 중국은 한국이나 일본은 안중에도 없고 오로지 미국을 자신의 주적으로 상정한 상황입니다. 사실상의 결승전이라며 중국 유저들에게 국가기관이 나서 참전과 참여를 노골적으로 선동하고 있는 실정입니다."

고에몽은 잠시 뜸을 들이다 다시 입을 열었다.

"이들의 예상 총 참전 전력은 2만 기를 넘을 것이라는 게 확정적입니다."

"흐음……."

거친 침음이 장내에 자리한 모두의 입에서 동시에 터져 나왔다.

2만 기… 중국다운 숫자였다.

장내의 상황을 살핀 고에몽이 빠르게 말을 이었다.

"다시 하나로 뭉친 중국… 그렇게 중국은 국가 대항전을 통해 다시 한 번 중국의 재통일을 이야기하고 있는 형편입니다."

"……."

자신들에게 일본에 활력과 자부심을 고취시키려는 정치적인 의도가 깔려 있다면 중국은 다시 한 번 중국의 재통일을 이루려는 발판으로 삼으려 함이었다.

스포츠의 뒤엔 항상 정치가 있다. 없으면 정치가 어떻게든 들러붙게 마련이다.

"대략적인 중국 강철거인 전력의 특징으론 나이트 급 강철거인의 비율이 30% 정도 됩니다. 또한 이번 국가 대항전을 계기로 전력의 고급화가 지금 급속도로 이루어지고 있는 중입니다."

"……."

"여하튼 미국이나 중국 모두 병력 위주의 전력으로 따져 볼 경우, 일본의 결승전 상대로 전혀 모자라지 않은 상대입니다. 아니, 오히려 그전에 저희가 한국을 상대로 어떻게 전력을 온전히 보전한 채로 결승전에 올라가느냐가 관건이 되겠습니다."

고에몽은 상황 설명을 다 했다는 듯이 무릎걸음을 걸어 원래 자리로 물러났다.

그러자 고리눈의 노인이 눈가에 가득 주름이 잡힌 웃는 얼굴로 입을 열었다.

"고에몽 군, 수고했네. 미국과 통합 중국이라… 이 늙은이의 피가 끓는구먼. 그래, 우리가 반드시 넘어야 할 대상이 그 정도는 돼야지. 암."

무사시가 말을 받았다.

"이에 저희 역시 국가총동원령을 발동한 상태입니다. 모든 일본의 가상 자원과 인력이 결승전, 이 단 한 번의 결전에 투입될 예정입니다."

그랬다. 일본은 프랑스전 승리 직후 일본의 전 E&T 유저들을 대상으로 국가총동원령을 발동했다.

강철거인 1만 기를 목표로!

유저 개인이 소유한 철궤 등 희귀 금속 재료는 물론, 강철거인의 제조와 수리에 필요한 각종 아이템과 기자재들이 일정 비율로 각출될 예정이었다. 특히 국가 대항전 시작 직후 한 번도 접속하지 않은 유저를 장기 부재 유저로 분류하고 그들이 소유한 아이템은 전부 국가 대항전 준비위에 귀속될 예정이었다.

장기 부재 유저 정리라는 허울로.

과한 조치임에도 승승장구하는 일본이었기에 반대 의견은 묵살되었다, 그 옛날의 어떤 시절처럼.

1만 기의 강철 대군 앞에 나설 자신을 그려보는지 무사시의 눈은 자신감과 호승심으로 반짝였다.

그 모습에 고리눈의 노인이 고개를 끄덕였다. 그는 그런 무사시의 장사꾼 같다가도 무의식중에 노출되는 사무라이다운 호전성을 좋아했다.

"자, 그럼 한국을 어떻게 요리하면 될까?"

순간, 무사시의 귀엽게만 그려지는 잔주름 잡힌 웃음에 깊은 골이 생겨나며 마치 야차 같은 얼굴이 되어 말했다.

"매서커가 참전하지 못하도록 어르신들이 나서주십시오."

機甲戰記
Massacre
기갑전기 매서커

"……."

장내에는 싸늘한 정적이 감돌았다.

고리눈의 노인은 두 눈을 감은 채로 아무런 반응이 없었다.

결승전을 위해 한국의 매서커라는 유저의 참전을 막아달라며 무사시는 부탁하고 있다.

말인즉, 한국에 그만큼의 영향력을 행사해야 된다는 이야기인데…….

아무튼 그의 말에 제일 먼저 반응한 것은 무사시를 제외한 6인의 사무라이였다.

"무사시! 있을 수 없다."

"우리가 매서커의 상대가 되지 못한다는 것이냐?!"

반발이 거칠었다.

스스로 분을 참지 못해 일어섰다 앉았다를 반복하는 이들도 있었다.

"내 손으로 매서커를 벨 것이다! 무사시, 이를 막을 셈이냐?!"

6인의 사무라이는 매서커만이 자신들의 상대라고 생각하고 있었기에 더욱 그러했다.

노인들은 그저 말없이 무사시를 지켜볼 따름이었고, 무사시는 동료들의 거친 반발에도 아무런 반응 없이 두 눈을 감은 고리눈의 노인만을 지그시 바라볼 뿐이었다.

무시시와 노인들이 요지부동이자 팔짱을 끼고 있던 꽁지머리의 배구선수가 연상되는 청년이 자리에서 분연히 일어서며 외쳤다.

"무사시! 나는 네가 과연 사무라이로서의 자긍심이 있는지 늘 의심했다. 넌 역시 싸꾸라였어! 지금 당장 결(決)하자!!"

청년의 외침에 그제야 고리눈 노인의 눈이 번쩍 떠졌다.

그리고 고리눈 노인의 입에서 중저음의 음성이 흘러나왔다.

"무사시 군, 자네의 결의를 보여주시게."

고리눈 노인의 말이 끝나기 무섭게 무사시가 몸을 천천히 일으켰다. 구름 속을 산이 뚫고 오르는 것과 같은 기세가 느껴졌다.

　무사시와 꽁지머리청년이 정원 중앙에서 대치했다.

　동료 사무라이들을 통해 이 두 사람에게 자신들의 도가 건네졌다.

　도, 아니, 그것은 일본도(日本刀)!

　카타나… 날이 벼려진 실검이었다.

　무사시가 꽁지머리청년을 지그시 바라보며 말했다,

　"후유끼, 꼭 이렇게 해야겠나?"

　"흥, 더러운 입으로 내 이름을 담지 마라! 이 자리에서 네 광대놀음을 멈추게 할 테니."

　후유끼, 꽁지머리청년의 이름인가 보다.

　그렇게 후유끼의 반응은 사나웠다.

　무사시에 가려졌지만 후유끼는 가느다란 선의 미남자로, 여성 팬들로부터 절대적인 지지를 한 몸에 받고 있는 사무라이였다. 독특한 캐릭터인 무사시는 전 연령, 전 계층의 일본인들에게 지지를 받고 있었다.

　또한 후유끼는 전 일본 검도선수권 출신자, 그 반면 무사시는 혈맥과 금맥을 갖추어야 배움이 가능한 일본 고무도(故武道) 종가의 전수자 신분이었다.

　전 일본 선수권자란 만인이 인정한 타이틀이다. 자신의 올곧은 노력으로 이룬 성과다. 무사시의 뿌리인 고무도 전수자란 타이틀과는 질적으로 달랐다.

그렇기에 후유끼는 현실에서 그 어떤 타이틀도 가지지 못한 무사시를 은연 중 무시하고 있었다.

그리고 오늘을 기화로 그 불만이 폭발했다.

어떻게 명예로운 사무라이로서 강적의 참전을 막아달라고 부탁할 수 있단 말인가.

이것은 명백한 협잡!

여하튼 실제로 후유끼가 가상에서 이룬 성과는 무사시를 넘어서는 면이 있었다.

포획자, 후유끼!

무사시가 적을 통쾌하게 두 동강 냈다면 후유끼는 몸에 배인 검도선수로서의 기술인 손목 치기로 적 강철거인의 손목만 깔끔하게 잘라냈다.

이 결과는 극명했다.

무사시와 후유끼 모두 적을 전투 불능 상태로 만들었지만 후유끼의 성과는 곧 아군의 전력 증가로 이어졌다. 잘려진 손목만 수리하면 그다음 대항전에서 일본 전력으로 바로 투입되었기에.

무려 그 수가 지금까지 1백 기를 넘기고 있다.

하나 현실의 평가는 편파적이었다. 무사시의 통쾌한 몸통 베기 그림에 후유끼의 세련된 손목 치기는 번번이 가려지기 일쑤였다.

마니아들은 말했다, 무사시는 단지 100기의 강철거인을 파괴할 따름이지만 후유끼는 100기의 강철거인을 만든다고.

그렇게 일본 전통 미남자다운 가느다란 외모에 혹한 여성 팬들과 일부 마니아들만이 후유끼를 칭송할 따름이었다.

무사시는 너무 정치적이고 인기영합주의다, 사무라이답지 못하다는 둥. 49인의 사무라이 사이에서도 후유끼에 대한 지지는 무사시를 넘어서는 부분이 분명 있었다.

하나 아무리 그렇다 해도 무사시를 따르는 대중의 절대적인 인기엔 미치지 못했다.

그런 두 사람에게 실검이 건네졌다.

고요한 가운데 두 사람 사이의 공기는 점점 굳어만 갔다.

은연중 사무라이들의 호응도 후유끼에게 기울어져 있었다.

무사시 편엔 고에몽 한 사람만이 무표정한 얼굴로 자신의 기다란 참마도에 몸을 기대 서 있을 따름이었다.

무사시가 노기 가득한 얼굴의 후유끼를 담담한 눈으로 바라보며 말했다.

"후유끼… 흥분했군. 그런 상태라면 자네의 손목 치기는 나에게 미치지 못할 것이네."

"닥쳐! 너 따위……."

후유끼는 좀처럼 분노가 가라앉혀지지 않았다.

눈앞의 무사시가 자신이 알던 그 무사시가 맞는지 의구심이 자꾸 고개를 들고 있었다.

이는 의외의 그림이었다.

후유끼는 전 일본 검도선수권자 출신자답게 늘 평상심을 유지했다. 한데 눈앞에 무사시가 자리하자 그 평상심을 지키려는 노력이 번번이 흩어지는 것이었다.

상대에게 도가 건네지는 순간, 무사시가 드리운 그림자는 점점 더 커지고 있었기에.

'제길, 카타나로 사람을 베어봤다는 게 정말이구나.'

무사시를 배출한 고무도 종가에서 전수자가 되려면 살아 있는 사람을 베어 그 성과를 검증받아야 된다고 했다.

한칼에 죽이기는 제일 간단한 1단계 검증이다. 그 뒤의 검증 단계는 더욱 발전해서 한칼에 목을 쳐 30초간 숨이 붙어 있도록 하는 단계까지 이어진다고 한다.

문명화된 일본에서 그 검증 대상이 될 산 사람을 찾기는 수월한 상태다.

5백만에 달하는 중국인 밀입국자, 1천만 불법체류자… 한국과 마찬가지로 일본 도시 어디든지 이들이 흘러 다니고 있다.

실제 목이 깔끔하게 잘린 시신들이 발견되어 일본 전역이 떠들썩한 적이 있었다. 이 사건은 시기적으로 무사시가 전수자로 등장한 때와 일치했다.

헛소문이라 치부했지만 눈앞에 마주한 상대가 드리우는

그림자는 시시각각 커져만 보였다.

"후우……."

후유끼는 심호흡을 뱉으며 도에 손을 가져갔다.

반면 상대의 눈은 고요하기만 했다.

'빼 든 순간 끝을 보아야 해! 빼 들면 그것으로 끝이다.'

수많은 생각이 후유끼를 덮쳤다.

그랬다. 후유끼로선 마음속에서 점점 더 커져 가는 무사시의 그림자를 마주하기가 힘들기만 했다.

대치한 두 사람 사이의 침묵이 길어졌다.

후유끼의 잘생긴 얼굴은 점점 구겨져만 갔다.

환한 정원 조명에 달라붙으려는 나방의 날갯짓 소리가 요란하게 들렸다.

후유끼의 등을 바라보는 나머지 사무라이들은 놀란 눈으로 후유끼의 어깨가 가늘게 떨리는 것을 지켜봐야 했다.

'…상대가 아니군.'

'어떻게 중지시키지.'

'무사시는 역시 무사시군.'

나머지 사무라이들도 수많은 생각으로 진땀을 흘리기는 마찬가지. 사람이 두 동강 나는 그림을 실제로 볼 것 같았다.

곧 끔찍한 파국이 눈앞에 벌어질 것만 같았다.

대치한 두 사람 가운데 후유끼의 존재감은 점점 줄어들더니 촛불이 픽 꺼지듯이 사라져버렸다.

모두 그 점을 느낄 정도였다.

한데 잘게 떨리는 후유끼의 손이 도의 손잡이에 올려졌다.

눈빛은 공허하게 풀려 있었다.

나머지 사무라이들은 파국을 직감했다.

'저 바보! 뽑으면 죽어! 죽는다고!!'

'당장 중지시켜야 돼!!'

다들 속으로 부르짖었다.

그때였다.

무표정한 무사시의 얼굴에서 특유의 털털한 웃음이 터져 나왔다.

"어허허, 같은 편끼리 모양 안 좋게……."

"헉!"

무사시의 너털웃음에 후유끼의 도를 잡은 손이 절로 풀렸다.

갑자기 풀린 긴장에 후유끼가 거친 숨을 토해내며 몸을 휘청거렸다.

기세에서부터 눌렸음을 누구나 알 수 있는 상황.

동료 사무라이들은 안도함과 동시에 입술이 구겨졌다.

참극은 일어나지 않았지만 자신들도 같이 베어졌다는 느낌에 지배당했기에.

무사시가 목뒤를 머쓱하게 쓰다듬으며 말했다.

"사람을 앞에 두고 도를 뽑으려니 다리가 후덜거려서… 옛

날 사무라이들은 어떻게 사람을 벤 거야?! 헤헤."

그렇게 무사시의 너털웃음에 고조되었던 긴장은 순식간에 사라졌다.

그 반면, 후유끼는 고개를 떨구고 말았다.

그런 그의 얼굴이 검게 죽어 있었다.

후유끼의 입에서 패배했다는 말이 작게 맴돌았다.

순간, 무사시가 모두에게 외쳤다.

"자, 그럼 제 결의를 보여 드리겠습니다."

스르릉 무사시의 카타나가 새하얀 빛을 뿌리며 그 모습을 드러냈다.

카타나를 빼 든 무사시가 후유끼 앞으로 성큼 나섰다.

모두의 눈에 그렇게 보였다.

헉!

지켜보는 모든 이들의 입에서 당혹성이 터져 나왔다.

후유끼가 두 동강으로 나뉘는 그림이 모두의 머릿속을 헤집었다.

하나 무사시가 향한 곳은 후유끼가 자리한 정면이 아닌, 대각선상에 위치한 정원 한가운데의 석등이었다.

"하압!"

무사시의 기합성이 터지기 전, 이미 새파란 불꽃이 석등을 타고 번쩍였다.

카타나가 바람을 가르는 소리는 없었다.

무음의 베기!

시간의 정지가 있었다.

이어 정적을 깬 것은 사람이 아닌, 불꽃을 토해낸 석등이었다.

스드등 석등 머리가 모로 분리되어 정원 바닥에 떨어졌다.

잘린 부위는 철삭 기계로 연마한 것처럼 매끈했다.

사무라이들은 저도 모르게 이미 뒤로 세 걸음이나 물러난 채 숨을 거칠게 헐떡거렸다. 얼굴색은 심장의 모든 피가 빠져나간 듯이 파리했다.

무사시의 가공할 석등 베기에 다들 벌린 입을 다물 줄 몰랐다.

"오—!!"

짝짝짝. 오직 고리눈의 노인이 감탄을 터뜨리며 박수를 쳤다.

그제야 다들 꿈에서 깬 것처럼 정신을 차렸다.

무사시는 카타나를 절도있게 갈무리한 다음 노인들을 향해 고개를 숙였다.

"미숙한 재주지만 이것이 승리에 대한 제 결의입니다."

노인들이 말없이 고개를 끄덕였다.

일본의 중요한 전력 중 하나가 방금 눈앞에서 망가졌지만, 그건 그들의 알 바가 아니었다.

고리눈의 노인이 자리를 털며 부채를 들어 무사시를 가리키며 기이한 울림의 노래를 부르기 시작했다.

"청룡은 비상하지 않은 채 그날이 올 때까지 신주검객의 허리에 몸을 숨긴다. 외세를 몰살할 비책이 있으니 일본도를 함부로 사용 말지어다."

도쿠가와 미츠쿠니의 '일본도를 읊다' 라는 시였다.

무사시의 승리를 선언하는 그림이었다.

고리눈의 노인은 무사시를 향한 부채를 천천히 거두었다. 그리곤 이어 다 이루어진 일을 말하는 것 같은 평이한 어조로 입을 열었다.

"…한국의 매서커는 우리 늙은이들이 책임지지. 제군들은 결승전에만 집중하도록 하시게. 그럼."

고리눈이 퇴장하자 나머지 노인들도 그를 따라 자리를 떴다.

다들 만족한 듯 고개를 끄덕였다.

무사시는 고리눈을 만들어 미소 지으며 상담역들을 배웅했다.

상담역을 맡은 노인들이 떠난 후, 무사시는 동료 사무라이들과 작전회의에 들었다. 어느새 무사시를 바라보는 사무라이들의 눈이 달라져 있었다.

여전히 정원에는 후유끼가 혼이 나간 사람처럼 홀로 서 있었지만, 모두 그런 그를 모른 척했다.

후유끼는 망가졌다… 아니, 부서졌다. 그리고 서서히 잊혀질 것이다.

노인들이 한국의 매서커의 불참을 확약했으니 믿어도 좋았다, 그들에겐 그럴 힘이 있었기에.

어떤 식으로 매서커를 요리할지는 그들이 알 바가 아니었다.

매서커를 머릿속에서 치우자 한국을 상대할 전략은 아주 간단했다.

사무라이들의 마음은 이미 결승전으로 가 있었다.

무사시가 자신들을 반드시 결승전에 데려갈 것임을 한 치의 의심 없이 믿었다, 이 순간만큼은…….

요정의 별채엔 무사시만 남았다.

무사시는 쓰러진 석등 아래에서 아직까지 죽지 않고 잔 날갯짓을 퍼득이는 나방을 내려다보았다.

무사시는 두 동강 난 석등보단 검끝에 베이고도 아직까지 살아 있는 나방의 존재가 더 만족스러웠다.

나방은 곧 두 조각으로 분리되어 움직임을 멈추었다.

자신의 검력이 최고조에 이르렀음에 무사시는 감동했다.

그러나 곧 거대한 그림자가 일어나 자신을 내려다보는 환상이 그려졌다.

그것은 넘을 수 없는 벽.

'매서커… 분명 그이리라. 잉여천황. 그를 전장에서 마주
하기는 싫다. 비겁하다 해도… 결승전에 가야 하는 것은 우리
일본이어야 해.'

무사시는 마음의 갈등을 지우기 위해 자기최면을 걸고 있
었다.

후유끼를 망가뜨렸다는 죄책감 같은 건 애초에 없었다.

후유끼는 후유끼의 무사도에 충실했고, 자신은 자신의 무
사도에 충실했을 뿐이다.

상대의 정신을… 마음마저 죽이는 것이 자신의 무사도다.

자신이 과거에 체험했듯이.

'비겁하다 해도 할 수 없다. 이긴 다음에 전장에 나서는 거
다. 그게 전쟁이야!'

자신은 이미 한번 망가졌었다. 지금도 여전히 망가진 상태
다.

하나 자기최면을 걸수록 그가 드리운 그림자는 거대해져
만 갔다.

일본의 영광을 가상에서나마 이루려면 이 수밖에 없음이
었다.

'미안하외다…….'

무사시는 그의 그림자를 키우는 자기최면을 중지했다. 대
신 하늘에 떠 있는 휘어진 달을 보며 회상에 잠겼다.

싱글벙글, 얼굴에서 미소가 떠나지 않던 말없는 청년.

무사시는 그가 바로 매서커임을 확신했다.

그가 아니면 그 어떤 누가 있어 한국에서 매서커일 수 있단 말인가.

그렇다. 짐작이지만 무사시는 한국의 매서커가 누구인지 알고 있었다. 이는 그만의 비밀이었다.

한때는 도망자로 여겨 경멸하기도 했던 인물… 그러나 그는 최후의 승자였다.

물론 무사시 역시 매서커의 개인적인 신상은 모른다. 단지 그가 발휘하는 E&T 유저로서의 능력을 무사시는 이미 체험했다는 것이었다.

그 무시무시한 동화율의 폭주!

가상이 현실보다 더 자유로운 인간.

그리고 그 무엇보다도 감히 따라갈 수 없는 전장에서의 여유.

그리고 살아남은 자만이 진정한 승자라는 오직 그만의 무사도!

그 무사도로 자신의 정신과 마음을 베어버린 사내다.

무사시는 그를 의식했기에 여기까지 올 수 있었다.

인정할 건 인정하자, 매서커를 접한 후 무사시 그 자신에게 커다란 도약이 있었음을.

그렇기에 아직은 그를 마주할 자신이 없었다.

한 번 패한 자를 상대로 다시 이기기가 어려워서가 아니었다.

그 마음속의 찌꺼기가 자신의 내면 깊숙한 곳에 거대하게 자리해 있고 의식하면 의식할수록 그 크기를 키우고 있어서다.

오늘의 후유끼가 이후 그렇게 되리라.

자신만만한 태도로 자신에게 늘 도전적이던 후유끼가 지금은 자신과 눈도 마주치지 못하고 피하는 것과 같은 이치다.

후유끼처럼 자신도 싱글벙글 웃는 한국 청년이 보여준 순간적인 야성은 떠올리기 싫다.

그 의심없는 깨끗한 동작하며, 집요하게 따라붙어 의심없이 뿌려대는 무수한 박투들… 한마디로 움직이는 병기였다.

그리고 생존을 위한 과감한 결단과 포기.

최후의 승자는 그였다.

그가 현실에서 어떤 성장 과정을 거쳤는지는 알 수 없다.

하나 분명한 것은 생과 사의 양극단을 오갔다는 것만은 확신할 수 있다. 그것은 자신이 아무리 흉내 내려 해도 흉내 낼 수 없는 여유에 배어 있었다.

일본 유저들은 잘못 알고 있다, 자신이 강철거인으로서의 첫 출격에서 자신들을 사냥하려 한 유저들의 강철거인들을 쓸어버렸던 일대 사건을.

물론 그 강철거인 안에는 자신이 있었다. 단지 조종석 뒤의 좁은 공간에 짐짝같이 찌그러져 있었을 뿐이다.

그랬다. 무사시를 쫓던 적들을 쓸어버린 것은 자신이 아니었다. 그 주인공은 다름 아닌, 파편 주자로 한국에서 넘어온 '싱글벙글 청년' 이었다.

그는 파편 무구를 사냥하러 왔다.

그리고 108일간의 추격을 뿌리치고 일본 파편 무구의 주인이 되었다.

그랬다. 그가 일본의 신물인 '요도(妖刀) 마사무네' 를 가져갔다.

한국의 유저가 일본 E&T의 최고 아이템으로서 오직 일본만의 파편 무구인 마사무네를 취했다.

이는 알려져서는 안 되는 비밀이었다.

일본 유저들은 마사무네를 차지한 유저에게 잉여천황이라 명명하며 지금도 추앙하고 있기에.

일본 유저들은 지금도 마사무네의 행방을 쫓고 있다. 아니, 잉여천황을 쫓고 있다.

국가 대항전에도 그가 나타나기를 고대하고 있는 유저가 부지기수다.

그랬다. 49인의 사무라이 이전에 잉여천황이 있었다.

아무튼 마사무네는 현해탄을 건너갔다.

무사시는 그 사건 이후 그를 넘어서려 고독한 투쟁을 해야만 했다.

자신과의 싸움이 아니라 마음속에 자리한 거대한 위엄을

몰아내기 위한 혼자만의 투쟁이었다.

그러나… 존재감을 털어내려 하면 할수록 그의 존재감은 더욱 커져만 갔다.

폐인처럼 반년을 보냈다.

그리고 결론은… 존경과 숭배였다.

그러고 나서야 자신은 일본의 무사시로 거듭날 수 있었다.

한데 지금 그를 전장의 적으로 마주할 때가 되었다.

적으로 상정하자마자 자신의 내면 깊은 곳에 자리한 열패 감이 고개를 들기 시작했다.

존경하고 숭배하는 대상을 상대로 어떻게 검을 겨눌 수 있 단 말인가.

무사시는 두 동강 난 채 더듬이를 움직이는 나방을 발로 짓 이겼다.

사실… 다 핑계다.

매서커. 그를 그 누구보다도 넘어서고 이기고 싶은 게 그 자신이리라.

하나 지금은 그때가 아니다.

일본이 세계를 재패해 전 세계의 인정을 받는 게 우선!

일본의 국가 대항전 우승, 그 우승을 이끈 나, 무사시.

자타가 인정하는 세계 1위의 타이틀로 매서커를 굽어볼 것 이다.

그때가 되면 매서커는 노인들의 예측 못할 수많은 공작에

만신창이가 되어 있을 터. 일본이 한국에 행사할 수 있는 영
향력은 아직도 유효하고 다양하다.

그렇게 당당한 세계일인자로서 그의 도전을 허락하리라.

빌어먹을 노인들이 자신을 내려다보는 그 눈으로.

무사시의 꽉 쥔 두 주먹에 힘줄이 새파랗게 돋았다.

'싸움은 이긴 다음에 하는 거야…….'

매서커… 아니, 잉여천황이라 추앙받는 사내에게서 자신
이 배운 것이었다.

War 03
막간의 여유

機甲戰記
Massacre
기갑전기 매서커

일본을 상대로 한 형제 작업장의 일과는 여느 때와 마찬가
지로 평이했다.

아이템 정리, 창고 정리, 가상 감도 조절, 거래소 시세 파
악…….

"하이구~ 지오가 박박 긁어왔구나~ 창고가 미어터지는
구나~ 578대! 이게 사람이야, 인간이야? 독하다, 독해!"

큰곰이 피곤으로 움푹 들어간 눈으로 즐거운 비명을 터뜨
렸다.

"러시아 북극곰들이 완전 거덜났구먼. 그게 다 독한 지오
를 만난 덕이지. 크큭."

작은곰이 뿌듯한 미소를 지었다. 이어,

"허허, 따끈따끈한 T 134 솔져 급 골렘이 2천4백만 원에 거래 체결이라……."

아이템 거래 중개소에 올라온 실시간 거래 동향을 점검하자마자 고개를 절레절레 흔들었다. 예상 밖의 거래 동향인 것이다.

"정말?"

큰곰이 놀라 되물었다.

실제로 형제 작업장은 강철거인의 거래가 폭락을 예상하고 있었다. 노획한 강철거인이 오죽 많은가.

한데 시장 사정은 예상과는 정반대로 흐르고 있었다.

"예. 이 가격대에서 거래가 속속 체결되고 있어요. 참전 오너 대부분이 돈방석에 올랐네요. 그리고… 나이트 급은 3천6백에 사겠다는 즉시 구매 체결이 3백 명을 넘었고요."

"히야—! 그럼 우리 몽땅 팔자!! 이참에 큰곰이 재벌 되어 보자."

"형?!"

"형?!"

지오와 작은곰이 동시에 외쳤다.

그리고는 '장사 한 번 하고 말거냐'는 눈으로 큰곰을 바라보았다.

형제 작업장은 당장 큰 수익을 포기하더라도 리스와 임대로 한국 유저들을 지원하기로 방침을 정한 상태다.

"알았다니까, 욕심은 금물. 그래도… 메이드 카페에 가고 싶다는……."

"형?!"

"형?!"

"알았다니까!! 농담도 못해?!"

큰곰이 쩝쩝 마른 입맛을 다셨다.

지오와 작은곰이 마주 보며 쓰게 웃었다.

단골 메이드 카페에서 큰곰이 자랑 삼아 한 작업장 이야기로 자신들의 정체가 발각되었다.

그로 인한 형제 작업장 최대 위기가 있었다.

큰곰이 그것을 모를 리 없으니 나름 반성하고 있다는 그만의 농담이리라, 다시는 거들먹거리는 실수를 하지 않겠다는.

작게 웅얼거리는 형을 보며 작은곰이 피식 웃으며 말했다.

"개인이 소유한 잉여 골렘이 넘치는데도 강철거인 거래가는 이렇게 오르고 있으니… 참여도가 너무 뜨겁잖아?!"

"상대가 일본이라 이거죠. 상대가 상대인지라."

지오도 고개를 설설 저으며 답했다.

다들 얼굴을 마주 보며 아이처럼 해맑게 웃었다, 장난꾸러기처럼.

일본… 한국을 격하게 들뜨게 만드는 상대다.

그랬다. 한국은 4강전 상대인 일본을 상대로 그 어느 대항전 때보다도 들떴다.

극일정신!

언제부터인가 한국의 전통 정신이 되어버린 항목이다.

일본은 무조건 이겨야 한다는 생각은 과거 한국 스포츠 발전에 크게 기여했다.

그 성과는 지금도 눈부시게 진행 중이다.

기본적으로 야구, 축구에서 일본이 종주국이라 자부하는 유도까지. 한국의 천재 선수 한 명을 일본 선수 천 명이 넘지 못하는 분야가 다반사다.

그렇게 어떤 경기에서든 일본을 만나면 1200%의 경기력을 발휘하는 한국이었다.

미국의 암묵적인 지지와 허락하에 아시아 맹주를 자처하는 일본으로서는 한국의 이 끈질기고 집요한 도전이 '또, 한국이야!' 라는 국민적 트라우마를 심어놓을 정도다.

그랬다. 일본의 아시아 일등 국가라는 자존심을 여지없이 뭉개 버리는 나라는 오직 한국밖에 없었다.

좋다, 여기까지는 특정 선수들의 영역이라 치자.

한데 누구라도 국가대표로 참여할 수 있는 E&T 국가 대항전 상대로 일본이 등장했다.

한국인들은 반응은 이거였다.

'너, 잘 만났다!'

과거 한때 E 스포츠 분야에서 엎치락뒤치락 경쟁하였던 두 나라였다.

둘 다 상대국을 압도하는 상황없이 시간이 흘렀고, 지금의 V 스포츠라 칭해진 가상 대전의 시대가 열린 상태다.

이 V 스포츠 분야에선 두 나라는 단 한 번도 자웅을 겨룬 적이 없었다. 한국이 세계로 늦게 나왔다면, 반면 일본은 속으로 자신을 숨겼기에. 서로가 미지의 상대다.

그리고 누구나 국가대표가 될 수 있다!

한국이 러시아를 격파한 8강전에서 무려 2천 기에 달하는 강철거인을 노획했으니, 수차례의 국가 대항전을 거치며 전력이 조금씩 줄어들던 한국에 일명 '잭팟'이 터진 것이다.

수많은 인과관계가 엮여 관심과 성원이 남다를 수밖에 없다.

보유를 주체 못하는 개인 유저들이 부지기수로 등장했다.

지금처럼 거래소를 통한 거래로 생각지도 않은 목돈을 만지게 된 대박 신화가 곳곳에 생겨나고 있었다.

그리고 그 가운데 지오와 두 곰이, 아니, E&T 유저라면 누구나 주시하는 사건이 하나 있었다.

"창고는 이것으로 정리된 것 같고… 그 친구, 후기 올라왔어?"

큰곰이 물었다.

"지하철 2호선요?"

지오가 작은곰이 대신 대답했다.

지오 자신도 궁금한 사건이기도 해서였다.

정오 시간 즈음에 E&T 게시판에 글 하나가 올라왔었다.

지하철 2호선:노획한 강철거인 세 대 팔아 결혼 자금 준비 마쳤네요. 그래서 지금 청혼하러 갑니다. 그녀와는 두 개의 아르바이트를 같이하며 사귀게 된 사이입니다.

사귄 지 3백 일. 3백 송이 장미를 준비했고요.

아무튼 그녀는… 제가 E&T 유저인 줄 모릅니다.

전에 사귄 여성은 절 가상 덕후라 여기고 경멸하며 멀어졌습니다. 그 때문에 그녀와 사귀는 내내 E&T 유저임을 밝힐 수 없었습니다.

제게 소중한 삶의 일부분인데…….

하나 지금은 솔직하게 가상 덕후임을 밝혀야겠죠. 가상의 삶을 감출수록 그녀와의 거리가 멀어지는 것 같아요. 이런 나를 이해해 줄지… 아무튼 그녀와 함께라면 다섯 개의 아르바이트도 할 생각이랍니다.

나름 출정(?)하며 유저들의 응원을 기대하며 쓴 글이었다.

'부디 취업 성공하시길' 식의 수만 개의 응원 댓글이 순식간에 붙었다.

그리고 이제 자정이 지나자 후기를 원하는 요청이 쇄도했다.

큰곰이도 무려 108개의 후기 요청 댓글을 달아놓은 상태였다.

눈이 움푹 꺼진 또 하나의 이유일지도.

"…떴다!"

큰곰이의 외침과 동시에 지오와 작은곰이 단말기 앞으로 고개를 디밀었다.

이것이 바로 오늘의 빅 이슈!

각자의 단말기가 있지만 이런 것은 같이 보는 게 습관이 되어서다. 기쁨을 나눌수록 배가되고 슬픔은 나눌수록 위로가 되기에.

여하튼 강철거인의 거래 가격이나 일본의 참전 전력 분석은 지오들의 관심사완 거래가 멀었다.

"오오, 정말 후기다. 제법 긴 게 왠지 불안한데……."

"으으, 가슴이 떨려."

지오 역시 말은 하지 않았지만 두 손에 힘이 몰렸다.

"……"

지하철 2호선이라는 유저에게 자신의 모습이 겹쳐져서다.

오바이트 족에서부터 여친에 대한 상황이나 우유부단함까지…….

가슴속을 스며드는 불안감에 세 명은 게시글을 후르륵 중심 단어 위주로 빠르게 훑었다.

곧 세 명은 안도의 한숨을 내쉴 수 있었다. 그리고 다시 자세히 읽으며 염장에 불이 붙고 말았다.

"아놔, 닭살 돋아!! 대패로 밀 수도 없고."

큰곰이 외치며 단말기에서 등을 팩 돌렸다.

　지하철 2호선:청혼, 아니, 취업 후기가 되는군요. 먼저 그녀도 오늘 강철거인 다섯 기를 팔았다고 합니다. 무려 다섯 기나. 후덜덜. 그녀가 같은 E&T유저였다니…….

아무튼… 저 취업됐어요.

회사는 **그녀 주식회사**입니다. 평생직장입죠.

여러분들의 응원이 큰 힘이 되었습니다.

그녀도 제가 저녁에 올린 출정(?) 글을 보았다 합니다.

응원의 댓글도 1,234번째로 달아주었고요. 이렇게…….

　'옹심이:여친에게 솔직한 모습을 보여주세요. 전 용기가 없어서 남친에게 제가 E&T 유저임을 밝히지 않고 있답니다. ㅠ ㅠ. 늘 뜨거운 곳에서 일하는 그를 보고 있으면 괜히 미안해져서요. 특히 국가 대항전 기간 동안 챙겨주지 못해 점점 멀어지는 것 같고… 성공하시면 제게도 큰 용기가 될 것 같아요.

빠샤—! 그녀에게 당당하게 ㄱㄱ! 파이팅!!'

헤헤, 사랑스럽죠?

댓글에 있듯이 그녀와 저의 아르바이트 장소는 닭집입니다.

다들 아실 겁니다, 붉은 닭벼슬이 붙은 모자를 쓰고 근무하는 후라이드 치킨 체인점을.

…모자가 압권인 체인점이죠.

저는 닭을 굽거나 튀기는 일을, 그녀는 계산과 포장입니다.

그녀를 보는 기쁨으로 힘든 줄 모르고 일을 할 수 있었습니다. 늘 출근 시간이 설레는 이유입니다.

하나 오늘은 고백하는 날이기에 직장이 아득하게 멀게 느껴졌습니다. 이렇게 하루가 긴 적이 있을 줄이야.

마침내 도착한 직장.

닭벼슬 모자가 멋지게 어울리는 그녀가 허리 높이 매대를 사이에 두고 보였습니다.

그녀는 삼백 송이 장미를 한 아름 든 저를 보더니 영문을 모르겠다는 듯 갸웃하는 표정을 짓더군요. 그리고는 깜짝 놀란 얼굴을 한 채 손가락으로 저를 가리키는 것이었습니다.

입을 금붕어처럼 뻐금거리면서요.

순간… 저는 아득해졌습니다.

장미 한 아름이 문제가 아니었습니다. 제 차림이 문제라는 생각이 그제야 들더군요.

이제야 밝히지만 저는 E&T 코스튬을 한 상태였습니다. 검은 가죽 바지에 가죽조끼, 붉은색 양모 망토하며… 떠돌이 용병 복장이죠. 이 초여름에…….

거짓을 말하지 않겠다는 제 결의의 표시로 갖춰 입은 것입니다.

어이없다는 얼굴의 동료들과 화난 표정의 매장 매니저, 킥킥거리는 손님들이 그제야 눈에 들어오더군요.

뇌 속에 찬바람이 든다는 게 그런 느낌일 겁니다.

나뿐 아니라 고백 대상인 그녀까지 조롱거리로 전락시켰다는 생각에 감히 그녀와 눈을 마주할 수가 없었습니다.

도저히 어떤 말도 낼 수 없었습니다.

용기백배하던 마음은 어디론가 사라지고 마냥 숨고만 싶어졌습니다.

달아나려 생각하니 그러다가는 그녀와 끝이라는 생각이 들더군요.

눈물이 핑 하고 도는데 그녀가 환하게 웃으며 장미를 받아들었습니다. 그리고 제 가슴을 한 대 치더군요.

"바보야?! 여친 버프가 몇 퍼센트 딜 업 시키는지 알아?! 동화율 보정도 기본 3% 업이란 말이야!!"

"……!"

그녀는 저를 E&T에 입문시킬 생각으로 강철거인 다섯 대를 판 것이었습니다. 최신형 가상 단말기에 고가의 가상 엔진

소프트웨어하며… 멍멍이가 접속해도 동화율 18%짜리 세팅입죠.

확실히 밀어주려고 작정한 것입니다.

더 놀라운 것은 따로 있습니다.

그녀의 의뢰로 제 캐릭이 E&T에서 육성 중이라는 겁니다.

허걱.

대형 작업장에 의뢰해 한 달 만에 속성으로 키우는 '어뷰징 캐릭터' 말입니다.

그녀는 저와 즐기겠다는 그 일념 하나로 한 달 만에 골렘 오너를 키워낸다는 바로 그 상품을 질렀던 것입니다.

제가 골렘 오너가 되기까지 정확하게 13개월 27일 17시간 걸렸거든요.

한데 한 달 만에 골렘 오너를 만들어내다니… 처음엔 그녀가 사기에 당한 게 아닌가 생각했습니다.

한데 그 의뢰처가 암흑의 랭커들로 구성되었다는 '붉은 곰' 단이었습니다.

다들 아시죠, **'붉은 곰'** 단의 횡포를?

가상에서 안 되면 현실에서 되게 한다는 그 '붉은 곰' 단에 의뢰하다니, 용감한 건지 무지한 건지.

어지간한 대형 작업장도 이 암흑의 랭커들에겐 양보한다지요?

여하튼 암흑의 랭커들이 돌리니 육성 가격이 어마어마하죠.

그녀… 손, 정말 큽니다.

예, 맞습니다.

제 여친, 정말 용감합니다.

나와 함께할 시간을 늘리고 싶어서라는데, 저보다 그녀가 저를 더 생각하는 것 같습니다.

제 캐릭이 있는데… 우짜죠? 물릴 수도 없고.

상대가 '붉은 곰' 단이니, 어쩔 수 없이 인수를 해야겠군요.

졸지에 부캐가 생겨 버리게 되었습니다. ㅠㅠ.

그러나 여러분 덕분에 오늘 기쁜 일이 세 가지나 되는군요.

강철거인을 팔 수 있던 거랑 취업(?)에 성공한 거랑… 무엇보다도 기쁜 건 그녀가 저의 가상 삶을 이해한다는 겁니다.

서로를 더욱 이해하게 될 기회와 시간이 늘어날 걸 생각하니 세상 전부를 얻은 듯한 기분입니다.

저는 그녀와 함께 일본전에 참전하기로 했습니다. 저는 그녀를 지키고 그녀는 저를 지킬 것입니다.

부캐 비용을 일본전에서 만회해야지. 아자아자!!

여러분 덕분에 세상에서 가장 멋진 순간을 가질 수 있었습니다. 모두 여러분 덕분입니다.

…대박 기뻐요!!

추신:일본전을 거쳐 결승까지 가자고요! 강철거인 팔아 닭

집 인수할 거임. 지금까지 지하철 2호선이었습니다.
　우리 모두 즐쟁!!

"그는 인생의 위너다!"
작은곰이 조용히 물러서며 말했다.
여친과 게임하기. 게이머의 꿈이잖은가.
"…인정."
지하철 2호선이라는 유저는 모든 남성 게이머의 꿈을 이루
었다.

　현실의 여친과 함께 게임하기를.

당연히 댓글 폭주가 이어졌다.

닭살 작열!! 난 뭐 한 거지?
염장에 제대로 불을 지르는군요. 우워워워워~
행복한 늑대 탄생 축하! 아우우우웅―

그렇게 늑대들의 울부짖음 수만 개가 순식간에 따라붙었
다.
　모두 둘의 행복을 기원하고 축원하고 있음이 행간에 가득
했다.

지오로서는 일본을 넘어 결승전에 가야겠다는 마음속 결의 아닌 결의가 자라났다.

'그래, 가는 데까지 가는 거야. 인생 뭐 있어?! 이렇게 웃으며 사는 거지.'

누구를 지키고, 어느 단체를 위해서가 아닌… 바로 이 짧은 순간의 따뜻함이 그 어느 때보다도 소중하게 다가왔다.

한데 문제는 비즈니스인데…….

지오는 고민스런 얼굴로 턱을 괴고 있는 작은곰에게 말했다. 그도 지오와 같은 고민을 하고 있음이다.

"…형?"

"왜?"

"닭벼슬 아가씨가 의뢰한 캐릭 말입니다."

"…끙."

그랬다. 그녀가 의뢰한 캐릭터는 형제 작업장에서 돌리고 있던 것이었다.

"물러줍시다. 남친이 E&T 캐릭이 있다잖아요. 나름 잘나가는 캐릭 같네요."

"계약서엔 위약금이 12%라 쓰여 있는데……."

"그냥, 결혼식 부조한 셈 치죠. 우리가 언제 계약서대로 살았나요."

"에혀, 그러자고. 사정을 알고 나서야 그대로 넘길 수가 없군. 이래서 여친 쉴드가 무서운 거구나."

두 바퀴벌레에게 형제 작업장이 해줄 수 있는 배려라면 배
려이리라.

여기 이 공간에서 그 누구보다도 마음 약하고 동물적인 계
산이 빠른게 큰곰이다. 저 멀리 물러 앉아 있는 이유가 달리
없음이라.

이럴 땐 동생들이 알아서 기어주어야 한다.

큰곰이는… 오래 삐지니까.

다시 단말기에 자리한 작은곰이가 의뢰인에게 메일을 보
냈다.

〈옹심이님, 의뢰한 캐릭 인수를 취소하신다 해도 그 어떠
한 불이익도 없을 것입니다. 착수금 역시 메일 확인 즉시 돌
려 드리겠습니다.

저희 형제 작업장을 이용해 주셔서 감사합니다. 행복하세
요.

추신:남친과 함께 일본전에서의 건승을 기원합니다. 광란
의 도끼질을 기대하겠습니다.

붉은 곰 마크 꽝!!!〉

큰곰이 그제야 의자째로 끌며 다가와 중얼거렸다,

"…우린 왜 이렇게 착한 걸까?"

그 말에 지오가 발끈하는 식으로 답했다.

"그 '누가' 들으면 돌 던져요. 그 '누구' 덕에 무시무시한 '붉은 곰' 단이라잖아요, 암흑의 랭커님?!"

큰곰이 지오가 앉은 회전의자를 돌려 급히 자신의 앞으로 내밀었다.

"그러면… 지오 쉴드 발동!"

"어허, 곰탱 쉴드가 먼저입니다."

지오는 지지 않고 큰곰이 앉은 의자를 돌렸다.

회전의자답게 듬직한 큰곰이와 함께 제자리에서 빙빙 돌았다.

"어어어……."

이번엔 작은곰이 지오의 의자를 있는 힘껏 돌렸다.

"이크크……."

지오가 앉은 의자가 팽이처럼 핑핑 돌았다.

"크큭, 마지막은 역시 브라더 쉴드인가?"

"하하하―"

"허허허!"

"크크크!"

다 큰 애어른들의 웃음이 형제 작업장에 가득 찼다.

일본전을 앞둔 한국의 상황은 나름(?) 닭살 돋았다.

*　　　*　　　*

그렇게 캐릭 인수 취소가 있은 다음, 형제 작업장으로 뜨거운 닭튀김이 야참 시간에 맞추어 배달되었다.

그것도 매일…….

닭튀김이 질릴라 치면 닭강정이, 닭강정이 질릴라 치면 닭죽이…….

메모도 함께 있어 마다할 수가 없다.

남친이 새로 개발한 레시피로 조리했습니다. 절대미감 큰 곰이 오빠의 감평을 부탁합니다.

옹심이.

"…헤헤, 나보고 오빠랴?!"

"암흑의 랭커님, 카리스마 챙기시죠?"

"그딴 거 몰라!!"

OF TEN DIVINE NAMES
War 04
막간의 빅딜

機甲戰記
Massacre
기갑전기 매서커

한국의 모처, 대형 로펌의 회의실.

깔끔한 정장 차림의 백인들과 세미 정장 차림의 한국인들이 영어로 비즈니스 회의를 진행 중이었다.

한국 측 변호사들은 한국 E&T를 대표해서, 백인들은 일본 E&T를 대표해 이 자리에 참석한 것이었다.

자리한 이들 대부분이 국제 변호사들로, 대화 분위기는 이보다 더 좋을 수 없었다.

한국 측 대표 변호사가 고개를 끄덕이며 입을 열었다.

"제안서를 읽어보았습니다. 함정 조항도 없는 뜻밖의 제안입니다."

"이번 국가 대항전을 통해 한국의 저력을 확인한 결과입니다."

백금발에 차가운 푸른 눈의 인물이 말을 받았고, 잠시간 국가 대항전을 주제로 잡담이 오갔다.

내용은 한국 팀에 대한 칭찬 일색이었다.

한데 한국의 저력? 그 저력을 일본이 인정을 한다고?!

여기 모인 이들 모두 그 말이 진짜라 생각진 않았다.

잠재된 자원도 아니고, 유저들의 플레이 저력을 보고 투자를 결정하진 않기에.

아무튼 단 한 번도 한국의 가상 게임 개발사가 일본의 거래 상대가 된 적은 없었다.

그러던 일본이 의외의 투자 제안을 해왔다, 너무나도 갑작스럽게.

일본 E&T에서 한국 E&T에 지분 공유를 통해 차기 가상 게임 개발을 같이하자는 제안을 해온 것이었다.

상호 지분 공유 방식으로, 각 21.5%씩이었다.

1천만 E&T 유저를 거느린 한국과 3천만 E&T 유저를 거느린 일본이었고, 한국 유저 수가 포화 상태인 반면 일본의 경우엔 국가 대항전을 통해 꾸준히 늘고 있는 상황에서의 지분 공유였다.

게다가 초기 개발비의 80%를 일본이 부담하겠다는 것이었고 일본이 특허 출원한 가상 엔진을 사용할 수 있도록 한다는 조항도 포함되어 있다.

여기서 잠깐 한국 E&T의 사정을 보자.

국가 대항전을 통해 별 재미를 보지 못하고 있는 게 한국 E&T의 현실이었다. 더불어 떠들썩한 스캔들로 인해 내부 정보를 제공한 임원과 임직원 다수에게 검찰 조사가 예정되어 있었다.

투자 스캔들의 불똥이 게임 개발사와 거대 작업장 간의 유착으로 옮겨붙은 결과였다. 개발 과정에서부터 게임 운영에 이르기까지 거대 작업장의 편의를 봐줄 수밖에 없었기에 게임 내 핵심 정보들이 작업장에 실시간으로 전달되고 있는 게 현실이었다.

주요 언론에서 단신으로 막아주고는 있지만 기업 이미지에 치명적인 타격을 입기 직전인 것이다.

이를 투자자들이 모를 리 없었다. 전 세계 E&T 중 한국 E&T 주가만이 곤두박질치고 있는 상황!

한국 E&T의 위기라면 위기였다.

일본이 이 점을 모를 리 없음에도 접근해 왔다.

한국 E&T로선 돌파구가 필요한 시점에 하늘에서 동아줄이 내려온 것이나 마찬가지였다.

조건 역시 거부할 수 없는 호조건들의 향연이 아닐 수 없다.

그렇게 일본이 돈과 핵심 기술을 제공하겠다는 것인데…

과연 무얼 얻고자 함인가?

알 수 없는 일이다.

제안서 검토를 마친 양측 변호사들이 자리에서 물러나고 일본 E&T와 한국 E&T의 실무 임원 단둘이 회의실에 남겨졌다.

이제 계약 외 이면 부분을 의논할 차례가 된 것이다.

일본 측 대표 임원은 금발에 차가운 파란 눈의 사나이로, 서구인임에도 왠지 분위기는 사무라이가 떠올려지는 인물이었다.

공기를 죄는 묘한 분위기에 위축된 한국 측 임원이 일본 측 대표를 긴장된 눈으로 바라보았다.

이면으론 대표 선임 등 경영 간섭을 하겠다 해도 받아들일 수밖에 없기에.

사실 한국 측 임원은 이완용이 될 각오로 이 자리에 앉아 있었다.

일본 대표는 말없이 연필로 쓴 메모를 한국 대표 앞에 쓰윽 밀어놓았다. 자연스러운 무례함이었다.

한국 대표는 긴장되어 떨리는 손으로 메모를 공손히 집어 들었다. 그리고 메모를 읽어가는 동안 점점 눈이 커졌다.

이럴 수가!

'이건… 껌이잖아!!'

환호의 비명을 지를 뻔했다.

침을 삼키며 침착하게 메모 뒷면을 돌려보았다.

오직 앞면에 쓰인 단 한 줄의 내용이 전부였다. 하나 분명 이것은 한국 E&T에서만 할 수 있는 일이었다.

한국 대표는 순간 긴장이 풀리며 어깨가 축 내려앉았다.

이완용이 될 각오가 무색할 정도였다.

얼굴 가득 웃음을 담아 호쾌하게 외쳤다.

"OK! 다이죠부!"

일본 대표가 천천히 일어나 손을 내밀자 한국 대표는 두 손으로 맞잡았다, 하늘에서 내려온 금 동아줄을 놓치지 않겠다는 듯이.

마주 선 백인 대표의 미소를 머금은 얼굴에 처음으로 감정이 담겼다, 조롱이라는 이름의.

*　　　*　　　*

와, 세다!

일본이 프랑스를 이긴 영상을 본 한국 유저들의 첫 반응이었다.

그리고 자연스레 '상대가 저 정도는 돼야지', '좀 하는데?', '재미있겠다' 식의 감상으로 이어졌다.

기저에 깔린 정서는 단연코 '이길 수 있다!'리라.

분명 이 자신감엔 근거가 있었다.

그간 한국이 이룬 연이은 승리를 다시 말하려는 게 아니다.

매서커의 그늘에 가려진 자들!

그랬다. 한국엔 매서커만 있는 게 아니었다.

한국엔 검증된 수많은 랭커와 그 못지않은 은둔자들이 부지기수였다. 바로 이들이 일본전을 벼르고 있는 것이다.

실제 한국의 랭커들은 랭커답게 국가 대항전 동안 연이은 전투에서 수십 기의 적 강철거인을 노획하는 전과를 올렸다. 하나 매서커의 활약에 가려져 그 빛이 바랠 수밖에 없었다.

다른 나라였다면 국민적 영웅으로 조명될 성과이건만.

이 일련의 사태엔 매서커도 매서커지만 대형 작업장의 후원을 받는 랭커들에 대해 한국 유저들의 반감이 기저에 작용한 면이 있었다.

그렇지만 아무나 작업장의 후원을 받을 수 있는 게 아니다.

한국 랭커들로서는 한국인의 뿌리 깊이 박힌 흑백논리로 인해 억울한 쪽이라면 억울한 쪽일 수 있었다.

여기서 한국의 랭커들을 살펴보도록 하자.

일단 그들은 각고의 노력을 통해 랭커가 되었다. 그 뒤엔 자연스레 대형 작업장이 스폰서로 따라붙는 경우가 대다수다.

대형 작업장에서 밀어주기식으로 랭커를 육성하는 데는 E&T 시스템 특유의 돌발성과 우연성, 순간 동화율, 이중 동화율의 벽으로 한계가 있다.

그렇기에 작업장에서 **최고**를 만들 순 있어도 **정점**을 찍진 못했다.

하지만 랭커들은 바로 그 정점을 찍은 자들이다.

전직 군인, 택배원 겸 이종격투기 수련생, 모델 겸 물류 기지 노동자… 한국 랭커들의 과거 전력은 이렇듯 평범했다.

이것이 현실과 연동된 개인차라면 개인차이리라.

한국의 랭커들은 랭커가 된 순간, 작업장의 컨텍(선택)을 받게 된다.

현실에선 억대 연봉이, 가상에선 각종 아이템과 물약 지원에 그만을 위한 공대원들이 따라붙기에 그 누구도 작업장의 컨텍을 거부할 수 없었다.

어떻게 보면 순수하다는 일본의 팬덤 문화와 비교해 의도는 다르지만 흘러가는 시스템이 유사한 면이 있다 하겠다.

랭커가 되는 순간, 현실이나 가상이나 탄탄대로가 열리는 것이다. 더불어 수많은 시기와 질투의 시선이 그를 따라다니게 되는 것이고.

아무튼 그 랭커들이 작업장을 스폰서로 두었다는 이유로 국가 대항전 기간 동안 은근히 외면받은 것은 사실이었다.

그런 가운데 일본의 랭커 집단인 49인의 사무라이가 등장했다.

그러면서 일본은 한국의 작업장 시스템의 문제점을 부각시키며 한국 랭커들을 폄하하기에 이른다.

이것이야말로 한국 랭커들이 바라 마지않는 도전이리라.

바로 이들을 상대로 랭커 값을 하고 싶다!

한국의 작업장 문화와 일본의 팬덤 문화의 대결!

실제 호적수가 아닐 수 없었다.

그런 의미에서 지오에게 수많은 랭커들의 요청이 쇄도하고 있었다. 결전 당일이 되어서도 게시판에 대놓고 공식적이다.

마상 참도를 쓰는 강철거인은 제게 넘겨주십시오. 이때까지 님이 다 쓸어 담아버려 명색이 랭커로서 면목이 안 서요. 그러니까… 같이 먹고삽시다. ㅠㅠ.

더불어 나눠 먹는 가상 사회─! 더불어 가는 가상 사회─!! ㅎㅎ.

매서커님은 무사시만 잡으시면 되지 않을까 합니다. 우리도 먹고살아야죠. 제 도끼 자루에 녹이 피었어요. ㅠㅠ.

49인의 사무라이 중 창잡이는 제 겁니다. 다들 아시죠?!

고고한 한국 랭커들의 지오를 향한 청탁 아닌 청탁이 쇄도했다.

한국 랭커들은 자신의 상대를 7인의 사무라이를 제외한 대다수 49인의 사무라이들로 일방적으로 지정해 버렸다.

지오도 가만있을 수 없었다.

"아놔, 이님들이?! 왜 까다로운 놈들만 떠넘기냐고?!"
결국 게시판에 한마디 남길 수밖에 없었다. 나름의 부담과
긴장을 풀기 위해라도.
지오라고 왜 부담이 없겠는가.

제 몫으로 7인대는 감사히 받을게요. 퉤퉤! 침 발랐습니다.
음, 한데 이넘들 잡고 손 놓고 있진 않을 겁니다. 그 안에 못
잡으면 전부 제 컬렉션으로 넘어가는 겁니다. ㅋㅋ.

게시글을 남기자마자,

매서커는 쇳덩어리에 환장한 불가사리 환생체?
넘하네. 그러니까… 상납할게요. 기념품 넘길 테니 자제하
시길. ㅋㅋ.
또 얼마나 쓸어 담으시려고…….
어이, 어이, 랭커님?! 매서커님?! 그럼 우리 몫은?
…….

전장이 열리기 전까지 길고 긴 댓글 놀이가 이어졌다.
희희낙락이 이럴까.
작업장에 적을 둔 랭커들과 매서커와의 불화를 우려함은
단지 우려일 뿐이었다.

한국의 대형 작업장도 랭커들을 앞세워 일본전에 최선을 다해 임할 것임이 확실해지는 순간이기도 했다.

랭커, 작업장 유저, 일반 유저, 은둔 유저… 이 모두가 하나 되어 일본전에 임하고 있음을 확인했다.

그렇듯 일본전을 앞둔 한국 유저들의 사기는 하늘을 찔렀다.

그리고 그 중심에 지오가 있었다.

OF TEN DIVINE NAMES

War 05
토르가 왔다!

機甲戰記
Massacre
기갑전기 매서커

새하얀 지평선과 새파란 하늘이 맞닿은 공간이 열리며 순백의 대지가 한국 유저들을 반겼다.

북극 같기도, 남극 같기도 한 황량한 얼음의 땅이었다.

바람에 바닥을 드러낸 빙판 깊은 곳엔 하늘을 품은 듯한 푸른색 결정체가 단단하게 자리 잡고 있었다.

하늘이 담겨 있다는 블루 아이스.

이곳은 한국과 일본이 마주할 전장의 이름이기도 했다.

까마득히 먼 백색 선 너머로 형형색색의 섬광 수백 개가 일시에 떨어져 내렸다. 일본 측 유저들이 접속하는 이펙트였다.

일본 측도 한국 유저들의 접속 이펙트를 확인했으리라.

상대의 위치를 파악하자마자 한국 유저들은 전장 지형 검토에 들어갔다. 러시아전에서 주어진 일방적인 전장 지형에 놀란 한국 유저들이 아니던가.

순백의 빙하 지대!

전투를 방해하는 엄폐물도, 누군가에게 유리한 고지도 보이지 않았다.

순백의 광활한 대지는 양쪽 진형 모두에게 공평한 사각의 링이 주어진 듯했다.

그렇게 겉보기 지형 조건은 동등함을 강변하고 있었다.

한국 유저들은 일단 안도했다.

글로벌 E&T를 향해 한국 유저들이 공정한 전장 제공을 가열차게 요구한 결과라 생각하고 고개를 끄덕이기도 했다.

할 만하다!

이어 자신이 속한 병단 또는 군단을 찾아 움직였다.

한국 유저들은 서로를 스쳐 가며 주먹 인사와 자신감 넘치는 미소를 주고받았다.

"형, 파이팅!"

"형들, 죽기 없기."

전투 개시까지 12분이 남은 상태였다.

구체의 방송사 카메라가 전장을 담기 위해 하늘 위로 날아올랐다.

그 수가 무려 수백 개에 달했다.

주류 방송은 물론, 해적 방송까지 참전 유저들을 섭외해 자신들의 카메라를 밀어 넣은 것이었다.

이어 곳곳에서 심원이 떠올려지는 이공간이 열리며 거체의 강철거인들이 속속 등장하기 시작했다.

강철거인은 한쪽 무릎을 지면에 붙인 채 탑승 대기 상태를 보여주었다.

하나 유저들은 각자의 강철거인에 바로 탑승하지 않았다. 그들은 하나같이 강철거인의 어깨 부위나 두부 등 높은 위치에 올라 하나의 점을 눈에 담았다. 마치 사전에 약속이라도 한 듯이.

바로 전체 포진의 꼭짓점, 매서커의 자리였다.

그 자리는 아직 채워지지 않고 있었다.

하나 아직 시간은 충분했기에 다들 느긋하게 매서커가 자리하기를 기다리는 분위기가 이어졌다.

그러는 가운데 한국의 포진이 완벽하게 자리 잡았다.

빈 곳을 찾을 수 없을 정도로 한국 유저들의 참여도는 100%를 넘어서고 있었다.

"아싸—! 전장 좋고! 다 주거쓰—!"

지오는 방송을 통해 전장 상태를 확인하자마자 가상 단말기에 자리했다. 이미 전장에 맞는 강철거인을 여러 타입으로 준비한 상태다.

질척한 늪지나 빽빽한 열대 밀림을 예상했는데 기우였다.

솔직히 이렇게 좋은 전장이 주어질 줄은 몰랐다.

이제야 모든 한국 유저들이 동등한 상태에서 싸울 수 있는 것이니 제 기량을 마음껏 뽐낼 것 아닌가.

이때까지 자신만 즐긴 것 같아 아쉬웠는데 그런 미안함도 걱정할 필요가 없는 것이다.

신이 났다.

"아솨— 전장 넓고! 아솨솨— 시야 좋고!! 아솨아솨— 사기 높고!! 아솨솨솨— 감도 좋고!!!"

스스로에게 기합을 불어넣자 기분 좋은 흥분이 밀려왔다.

이제 이 흥분에 몸을 맡기면 되는 것이다.

지오는 단말기의 인공 지능에 명령했다.

"E&T 전장 접속. 전장은 한국 대 일본 국가 대항전."

…….

"E&T 전장 접속. 전장은 한국대 일본 국가 대항전—"

…….

"E&T 전장 접속. 전장은 한국 대 일본 국가 대항전!"

…….

"어? 어라? 어라라?!"

지오는 단말기에서 머리를 들어 옆자리에 자리한 큰곰이와 작은곰이를 살폈다.

모두 전장에 접속해 몰입해 있는 것을 확인할 수 있었다.

지오는 당황했다.

"…뭐야? E&T 긴급 접속 점검!!"

이런 경우는 처음이다.

접속 점검을 알리는 수많은 정보창이 열렸다 닫혔다 하는 것을 지켜보았다.

이어 무뚝뚝한 기계음이 일방적으로 들려왔다.

[한국 E&T에서 통보합니다. 귀하의 가상 단말기에서 불법 프로그램 사용 흔적이 발견되어 접속을 허락할 수 없음을 알려 드립니다. 자세한 내용은 고객 지원팀에 문의하시길 바랍니다.]

"……!"

이 무슨 말도 안 되는 소리인가.

하도 말이 많아 가상 엔진 검증을 한국 E&T에서 직접 하지 않았던가. 매 경기 후 인증까지 한 단말기다.

지오는 다급했다.

묘한 기시감이 들며 등에서 털이 곤두서고 식은땀이 흘러내렸다.

이어 예비 단말기 자리로 급히 몸을 옮겼다.

"E&T 전장 접속. 전장은 한국 대 일본 국가 대항전—!!"

…….

여전히 접속 응답이 없었다.

"젠장!"

지오는 급히 한국 E&T에 문의해야 했다.

"긴급! 상담원 연결!!"

급히 개인 아이디 인증을 받고 문제점을 이야기했다.

등에선 계속해서 땀이 차올랐다.

"…단말기를 교체했는데 왜 접속이 안 되죠?"

그러자 마치 기다렸다는 듯 사무적인 대답이 돌아왔다.

[고객님, 귀 계정에서 급격한 감도 폭주가 수차례 관측되었습니다. 이에 한국 E&T에선 귀하의 신경계 약물 사용을 의심하고 있습니다. 한국 E&T가 지정한 의료 기관에 3일 내 내방하셔서 소변 검사와 모발 채취, 혈액 채취에 응해주시길 바랍니다. 가까운 의료 기관을 안내해 드릴까요?]

"씨팔!!"

지오는 화를 억누르지 못하고 상담 연결을 끊어버렸다.

흥분해 숨이 차올랐다.

얼마나 더 신체검사를 받아야 한단 말인가.

미국전 이후 지오는 요주의 대상으로 분류되어 한국 E&T가 요구하는 단말기 인증과 건강검진에 응했다.

매 경기마다…….

그렇게 의혹을 잠재웠다.

다 좋다.

자신의 성공에 누구라도 의혹은 제기할 수 있다.

한데 경기 직전에 접속 금지라니?

이 급한 상황에 의료 기관으로 가란 말인가?!

지오는 흥분을 가라앉히며 숨 고르기에 들어갔다.

'…이긴 다음에 싸운다 했던가?!'

지오의 머릿속으로 이 사건의 배후에 누가 있는지 그려졌다.

쓸쓸했다.

그리고 피식 웃음이 터져 나왔다.

자신이 치른 5분간의 호들갑이 어이가 없어서였다.

자신이 언젯적 지오던가.

"너희들이 아주 무덤을 파는구나. 나, 화났어!"

지오는 길게 웃었다.

*　　　*　　　*

시간이 흐르고 한국 유저들 사이에 수신호가 오가며 웅성거림이 커져 갔다.

매서커의 자리가 좀처럼 채워지지 않고 있어서였다.

이제 전투 개시까지는 5분만이 남은 상태였다.

매서커를 찾는 방송 카메라가 어지럽게 한국 진영을 누볐다.

당황한 얼굴의 유저들을 담아 나를 뿐이었다.

그때 방송 영상이 전장 한가운데 등장했다.

다급한 표정의 담비가 속보라는 자막 타이틀을 아래에 깔
며 떨리는 목소리로 한국 E&T의 발표를 전해왔다.

"유저 여러분, 담비입니다. 방금 매서커와 관련해 한국
E&T의 발표가 있었습니다."

"……"

"한국 E&T는 일명 매서커라는 유저의 가상 접속을 일시
중지하기로 결정했습니다."

"……!"

보도를 전하는 담비의 얼굴이 하얗게 변했다.

그 순간, 모든 한국 유저들의 몸이 일순 굳어졌다.

거리 응원에 나서 축제를 즐기는 모든 한국인이 순간 멍해
졌다.

왜?

"…이는 일부 유저들이 매서커에 제기한 불법 프로그램 사
용 의혹과 약물 사용 의혹을 전부 받아들인 결정으로, 이 의
혹이 풀릴 때까지 매서커 계정의 가상 접속을 일시 중지하는
바입니다."

"……"

순간 한국의 전 지역이 정적에 빠졌다.

이건 정말 말도 안 되는 사건인 것이다.

사실 매서커에 대한 의혹은 미국전이 끝나고 나서 미국 측
에서 먼저 문제를 제기했다.

해킹 프로그램을 사용한 게 아니냐?

약물의 힘을 빌리지 않았느냐?

국가 대항전 내내 수많은 검증 요구가 매서커에게 퍼부어졌다. 매서커는 막말로 듣보잡 유저 아니던가.

실제 ‘매서커 죽이기’ 라는 프로젝트가 가동되기도 했다.

당연히 그들이 제기한 의혹에 대한 조사가 한국 E&T와 글로벌 E&T 차원에서 수차례 있었다.

지오는 자신의 신변 노출을 염려해 경기 후 혈액 채취와 소변 제출 요구에 응하진 않았는데, 이 점을 지금 부각시키고 있는 것이다.

하나 신체 검진 결과를 경기 전과 경기 후로 나누어 매 대항전이 치러질 때마다 제출한 상태다. 검진한 의료 기관 역시 한국 E&T가 지정한 의료 기관에서 최첨단 기기와 전문가의 손을 거쳐 이루어졌다.

그렇게 자신들의 손으로 제기된 의혹을 풀어냈다.

여기서 그럼 뭐가 더 필요한가?

알려지지 않은 자체 제작 불법 프로그램을 사용했느니, 대리인을 시켜 신체 검진에 응했다는 식으로 의혹 부풀리기가 이어졌다.

전부 질투와 시기에 눈먼 의혹 만들기다.

아니면 말고 식의 전형적인 마녀사냥에 노출되었지만 크게 부각되진 않았다.

이미 검증이 끝난 일이고, 계속해서 매서커가 검증에 응했기에.

그렇듯 하루 이틀 이어진 의혹 제기가 아닐진대 이제 와서 접속 유보라니… 그간 공들인 검증은 뭐란 말인가.

그것도 일본전 직전에 말이다.

화난 얼굴의 담비가 한국 E&T의 성명을 마저 읽어나갔다.

"…매서커는 책임있는 공인의 자세로 자신에게 제기된 의혹을 직접 나서 해명하길 바라며, E&T에서 다시 만나기를 기대합니다."

말을 마친 담비조차도 기가 막힌 듯 멍하니 하늘을 올려다보았다.

의혹은 의혹을 제기한 사람이 나서서 풀어야 한다. 의혹의 대상이 나서 자신의 결백을 밝혀야 하는 게 아니다.

담비가 갑자기 외쳤다.

"야 이 똥 · 덩 · 어 · 리 · 들아—!"

후우우웅—

세찬 바람 한줄기가 한국 유저 전부를 휘감고 지나갔다.

빙하 지대의 바람이 끈적하게 느껴지는 건 왜인가.

바람이 일본 진영을 거치고 와서?

그건 아니다.

그랬다. 한국 유저들의 기분이, 마음이 그렇게 받아들이고 있다는 것이다.

한국 유저들의 얼굴에서 웃음기와 여유가 사라지고 어두운 그림자가 자리 잡았다.

매서커가 없다고 해서 한국이 일본에 질 것이라고는 누구도 생각하지 않았다.

공용 통신으로 서로를 위로하는 통신이 오갔다.

[괜찮아…….]

[괜찮아!]

[뭐, 이쯤이야.]

[까짓것, 붙어보는 거지.]

매서커… 한국에게 주어진 불공정한 상황에서 한국이 가진 유일한 공정한 상황이었다.

모두 그렇게 자위하건만 눈앞에 펼쳐진 그림은 그렇지 않게 다가오고 있었다.

분명 펼쳐진 전장은 공정하건만 더 이상 공정한 전장이라고 느껴지지 않았다.

[썩을, 젠장! 이건 아니잖아!!]

화를 이기지 못한 누군가의 절규가 통신을 타고 흘러나왔다.

[…….]

서로를 위로하던 통신이 한순간 침묵에 들었다.

자신을, 서로를 다스리기엔 지금 그들에게 주어진 시간이 없었다.

단지 일방적으로 압도하고 싶을 뿐이다.

아니, 통쾌하게 이기고 싶어 이 자리에 섰다.

한데 지금 흘러가는 그림은 최소한의 여유도 주어지지 않은 채 일방적으로 몰아붙이고 있다.

최소한 30분이라는 시간만 주어져도 매서커의 부재를 담담히 받아들일 한국 유저들이다. 국가 대항전 내내 본인들의 자신감과 믿음으로 참전했기에.

한데 이렇게 뒤통수를 맞은 상태에선 그 자신감이 일어날 수 없었다, 도저히…….

흐르는 바람 한줄기조차 의심 가는 상황!

그 자신감이 떠난 상태에서 또 어떤 함정이 이 전장에 숨어 있을지 알 수 없다는 불신이 차지했다.

'이건 뭐냐?

'지금 이 상황이 말이 돼?'

'뭔가 또 있을 거야.'

불신. 남을 믿지 않음은 자신을 믿지 않음에서 시작한다.

뜬금없이 자신들의 능력에 대한 의심이 자라났다.

자신들이 이룬 성과에 대한 의구심이 생겨났다.

그렇게 한국 유저들 사이로 알 수 없는 불안감이 휘감아왔다.

전투 개시까지 3분이 채 남지 않은 상태에서 한국 측의 사기는… 급락했다.

지금 펼쳐진 공정한 전장에서 매서커의 역할은 예전처럼 크지 않을 수도 있다. 그리고 한국 랭커들과 은둔 유저들로 일본의 49인의 사무라이를 충분히 상대할 수 있다.

아마도 이번 기회를 통해 한국 랭커들의 영웅적인 모습을 확인할 수 있을 것이다.

하나 사기는 또 다른 문제다.

한국이 하나되고 위기를 이겨온 과정에 매서커의 역할이 있다. 아니, 컸다.

한데 그 구심점이 갑자기 없어진 것이다.

은둔자를 불러내고, 작업장 유저들을 받아들인 그 구심점이 말이다.

활발하던 통신이 단번에 죽어가며 긴 침묵이 한국 측에 흘렀다.

비어버린 매서커의 자리가 커다란 공동이 되어 한국 유저들을 그 깊은 수렁으로 잡아당기는 것 같았다.

그렇게 침잠될 것 같은 정적이 흘렀다.

그때였다.

쉬이익, 쉬이익―!

정적을 가르는 경쾌한 기음이 들려왔다.

모두가 정지한 가운데 눈바람을 일으키며 움직이는 하나

의 대상이 있었다. 소음의 진원지였다.

진원지를 쫓아 모든 카메라가 집중되었고, 모두의 시선과 신경이 쏠렸다.

"......!"

군단과 병진 사이의 공간을 이리저리 빠르게 헤집으며 움직이는 흑고동색의 강철거인이었다.

일단 컸다.

바로 킹 급 골렘이었다.

오직 던전에서만 출토된다는 레전드 급 복합 아이템!

몇 기가 출토되었는지는 집계조차 이루어지지 않고 있는 그것.

여하튼 이 64톤에 달하는 거구의 움직임은 너무도 독특했다.

지면을 구르지 않고 스치듯이 쑤욱쑤욱 앞으로 나아가고 있었다.

한 번에 앞으로 나아가는 폭이 무려 12~16미터에 달했고, 그럴 때마다 예의 지면을 짓치는 경쾌한 소음을 뿜어냈다.

그렇게 공간을 가르는 식으로 이동한 강철거인이 드디어 멈추었다.

쳐정, 컥컥!

그리고 드디어 공간을 가르는 경쾌한 질주의 비밀이 밝혀졌다.

강철거인의 발바닥에는 길쭉한 철붙이가 장착되어 있었다. 마치 스케이트의 날과 같은 모습이지만 차이점이라면 그 길이의 비율이 기형적으로 길다는 것이다.

철붙이의 길쭉한 길이는 무려 5미터에 달했다.

흑고동색 강철거인이 발바닥에 부착된 이 철편을 차례로 들어 올렸다. 그리고 이 두 개의 철편을 일직선으로 맞붙였다.

쩌경—!!

순간 청황색 이펙트가 터지며 두 개의 철편이 하나의 거대한 무기로 화했다.

그러자 강철거인의 키 높이를 상회하는 거대한 칼이 등장했다.

자이언트 길로틴 블레이드!

거대 무식한 아이템이 강철거인의 양어깨에 척하니 걸쳐졌다. 작두날을 짊어진 듯한 거인의 모양새.

하나 이 흑고동색의 강철거인이 시선을 잡아끈 것은 이것만이 다가 아니었다.

바로 그가 멈추고 자리한 위치가 더 문제였다.

그 점이 모두의 신경을 건드렸다.

전체 병단과 군단의 최고 정점!

오직 매서커에게 허용된 자리였기에.

한데 그 자리를 거대한 강철거인이 당연히 자신의 자리라는 듯이 떡하니 차지한 것이다.

이를 문제 삼아 따지려니 시간이 촉박하다.

'누구냐, 넌?

문제의 자리에서 제일 가까운 유저들이 M병단이었다.

아니나 다를까, M병단에서 몇 기의 강철거인이 문제의 강철거인에 급하게 접근했다.

그들의 접근에 맞추어 흑고동색의 강철거인은 한쪽 무릎을 꿇어 무방비의 대기 상태에 들었다.

문제를 일으키지 않겠다는 뜻이기도, 이 자리를 비키지 않겠다는 의지로 읽혀질 수 있는 행동이기도 했다.

M병단에서 다가간 강철거인이 흑고동색 강철거인의 주위에서 잠시 머물다 다시 제자리로 빠르게 물러났다.

매서커와 함께한 M병단조차 흑고동색 강철거인을 뒤로 물리지 못했다.

도대체 누구이기에?

의문은 곧 풀렸다.

강철거인에서 굵은 외침이 터져 나왔다.

"토르가 왔다—!!"

[……]

의문은 가중되었다.

토르라니?! 장난하나?!

모두가 나서 매서커의 자리를 차지한 강철거인을 향해 욕을 터뜨리려는데…….

그 순간 한국 유저에게 전체 통신이 들어왔다, 장난기 담긴 익숙한 목소리로.

"아아, 쏘리. 자동 녹음이 나왔어요. 흠흠, 매서커……."

[……?]

약간 뜸을 들인 다음,

"…부캐 납시오ㅡ!"

War 06
잉여천황

[와아―!]

그으응―! 기이잉!!

한국 진영을 휘감은 대기가 일시에 진동했다.

강철거인에 탑승하지 않은 유저들은 함성으로 환영을, 탑승한 유저들은 엔진을 공회전시켜 매서커(?)의 등장을 열렬히 반겼다.

매서커는 계정이 블록되자 부캐 계정으로 참전한 것이었다.

매서커 정도 되는 하이엔드 유저가 부캐를 키우지 않을 리 없다.

어지간한 유저 대부분이 부캐, 쫄캐, 막캐, 동전캐, 창고
캐… 같은 주 캐릭을 보조하는 수많은 캐릭을 키운 경험을 가
지고 있다.

더러 부캐가 주캐를 능가하는 경우도 있다.

단지 지금 등장한 매서커 부캐 정도의 거물로 키우는 경우
가 드물 뿐이다.

한국 유저 어느 누구도 전체 통신을 날린 인물에 대해 의심
하지 않았다. 오직 매서커에게만 허용된 전체 통신 코드를 타
고 나온 말이라서가 아니다.

그 특유의 자신감을 누가 있어 담을 수 있단 말인가.

다시 한줄기의 전체 통신이 들어왔다.

"하하하, 포진과 작전엔 변함이 없습니다. 오늘, 거친 하루
가 될 것 같군요."

그 특유의 자신감이 모두에게 다시금 전달되었다.

"다 죽었으—"

풋, 훗 하며 모두에게 가느다란 미소가 걸렸다.

그렇게 일순 경직된 분위기와 떨어졌던 사기는 제자리를
찾아갔다.

지오는 이어 머리 두 개를 이어 붙인 듯한 거대한 해머 두
개를 소환했다.

그리고 모두에게 자랑했다, 애처럼.

"이거 던지면 돌아온다."

…….

푸하하하—!!!

통신관에 폭소가 터져나왔다.

그렇게 떨어졌던 사기는 완벽하게 자리잡았다.

그그그궁, 쿠더덩!!

지축이 흔들리며 기울어졌다 제자리를 잡기를 반복했다.

땅속 깊은 곳에서 무언가 일이 벌어지고 있었다.

땅이 서서히 들어 올려지고 있었다.

경기 시작을 알리는 효과치고는 요란했다.

구구구구구, 그르르르룽—!

떠오르는 블루 아이스!

당신들은 지금까지 거대한 빙판 위에 있었습니다.

하나 이 푸른 빙하 지대 아래에는 마도시대의 '흐르는 도시'가 잠들어 있었습니다.

지금!

이 흐르는 도시가 스스로의 의지로 깨어났습니다.

흐르는 도시는 자신을 덮고 있는 얼음덩어리를 사납게 털어낼 것입니다.

도시의 중심으로 달리십시오!

이 흐르는 도시는 지금까지 깨어난 공중 도시 가운데 최대 규모입니다.

무수한 던전은 물론, 대지를 하늘로 들어 올리는 비법이 이 도시에 잠들어 있습니다.

끓는 대지, 뒤집힌 바다, 구멍 난 하늘… 대환란이 다가오고 있습니다.

여러분들의 도시를, 영지를 안전하게 보호하기 위해선 대지를 들어 올리는 비법이 꼭 필요할 것입니다.

이 빙하의 도시는 오직 승자의 땅으로 흘러갈 것입니다.

빙하 도시:

도시는 5ㅁㅁ만의 NPC와 유저를 수용할 수 있습니다.

2ㅁ만을 수용하는 대지를 들어 올릴 수 있는 비법이 숨겨져 있습니다.

글로벌 E&T가 드리는 최고의 선물입니다.

빙하가 들어 올려지고 있었다.

그리고 유저들이 포진한 후미에서부터 얼음덩어리가 부서져 떨어져 내렸다.

전투를 위한 포진을 유지하기 힘든 상황이 벌어진 것이다.

전부 중심을 향해 움직여야 했다.

그리고 그 중심을 차지하기 위해, 이 흐르는 도시를 차지하기 위해 일본을 상대로 싸워야 하는 것이다.

지오는 전체 통신을 발했다.

"대열 유지. 포진 무시. 자, 앞으로 달립시다—"

추락하는 얼음덩어리와 함께 떨어지지 않기 위해 한국 유저들은 달렸다.

이 넓은 빙하 지대에서 도시의 중심을 찾기란 어렵다.

하나 지오는 그 중심이 일본 진영에 가까우리라는 걸 알 수 있었다.

아무튼 이로써 한국 측이 마련한 단체 스킬과 집단 스킬을 발휘하기 위한 최적의 포진이 무의미하게 되어버렸다.

다시금 포진과 대열을 유지한 한국 유저들에게 불리한 상황이 벌어졌지만 그 누구도 피해 의식을 품지 않았다.

"이 정도 핸디캡이야 애교지."

매서커의 말 그대로였다.

…애교다.

그랬다. 모든 핸디캡은 패자들의 애교일 뿐이었다.

거대한 두 덩어리의 무리가 300미터의 공간을 두고 대치했다.

서로의 등 뒤론 얼음덩어리들이 계속해서 아래로 떨어지고 있었다.

양측 모두 위험 권역에서는 벗어난 상태.

한국 4천 기 대 일본 5천 기의 대결!

궁궁궁, 두 진영에서 강철거인이 토해내는 중저음의 엔진음이 대기에 낮게 깔렸다.

다시 포진을 짜도 집단 스킬을 제대로 발휘할 수 없는 거리.

한국의 선두엔 매서커의 토르가, 일본의 선두엔 7인대가 자리하고 있다.

지오는 저들을 동요시킬 필요를 느꼈다.

그리고 자신의 부캐를 끌어낸 대가를 치르게 할 필요도 있었다.

침착한 7인을, 냉정한 49인의 사무라이를 격동시킬 필요가 있었다.

한국만 손해를 볼 순 없잖은가.

한국이 이겨도 피해를 적게 보려면 상대를 격동시키는 수밖에.

그런데 닳고 닳은 49인의 사무라이를 무슨 수로 격동시킨단 말인가.

게다가 토르는 킹 급 강철거인이지만 유저를 상대로 킬 포인트를 전혀 쌓은 적이 없었다. 지하 광산에서 거대 몬스터는 수없이 상대했지만 강철거인을 상대로 한 전투는 오늘이 처음이었다. 즉, 허우대만 멀쩡한 그런 강철거인이었다.

"거참, 이런 날을 위해 준비한 게 아닌데… 쩝."

지오는 예의 도발하듯이 홀로 앞으로 나아갔다.

쿠궁!

이에 지지 않겠다는 듯이 7인대가 앞으로 나섰고, 일본 진영 곳곳에서 42기의 강철거인이 돌출하는 식으로 튀어나왔다.

일본 진영에서 49인의 사무라이가 완벽하게 분리되자 한국 측 역시 랭커들이 앞 다투어 대열에서 이탈했다.

그들 모두는 서로를 견주어보며 매서커의, 아니, 매서커 부캐의 움직임을 눈에 담았다.

지오는 49인의 사무라이가 발하는 날카로운 예기를 한 몸에 받으며 주 공간의 중간 지점에 멈추어 섰다.

그리고 무방비 상태의 대기 상태에 들게 만들었다.

그르릉, 그르릉.

지오의 강철거인이 거칠게 엔진음을 울렸다.

마치 전투 시간을 앞당겨 달라고 성질을 부리는 것 같았다.

"자자, 토르… 아니, 흑형. 하늘의 정기를 받는 안테나를 달아줄 테니까 진정하라고."

지오는 주문을 외우듯이 강철거인을 달랜 다음 조종석 밖으로 나와 자신을 완벽하게 무방비로 노출시켰다.

'…자부심 높은 무사님들 아니랄까 봐. 크크.'

그럼에도 7인대는 물론, 일본 진영에서 그 어떤 반응이나 대응도 없었다. 지오가 벌거벗고 춤추어도 반응하지 않을 기세였다.

모두 면벽 수행 중인 선승이라도 된 듯 무관심한 태도였다.

지오는 흑형의 어깨 돌기를 딛고 투구에 다리를 걸치며 일본 진영을 바라보는 자세로 섰다.

오만하게 굽어본다는 게 이런 것이리라.

한국도 이런 행동을 의문 가득한 눈으로 담았고, 일본 측도 지오의 오만하게 보이는 행동을 눈살을 찌푸리며 지켜보았다.

마치 그 정도 도발 정도엔 응할 가치도 없다는 듯한 자세였다.

지오는 얼굴에 턱이 빠진 하회탈을 착용하고 있었는데, 드러난 입에는 하회탈 못지않은 웃음을 담았다. 무언가를 기대하라는 듯이.

그리곤 서서히 허리에 찬 검을 가슴 앞으로 당겼다.

검집이 검붉은, 전형적인 일본도의 외형을 갖춘 검.

지오가 검집에서 검을 뽑아 들었다.

치이익—!

대기 가득 들어찬 강철거인의 엔진음을 가르는 한줄기의 날카로운 소음이 선명하게 울려 퍼졌다.

지오가 뽑은 검에선 새파란 예기가 넘실거렸고, 주변 공간으론 핏빛 이펙트가 요요롭게 뿜어져 나왔다.

척 보아도 예사로운 검이 아니었다. 스스로 빛을 발하고 있는 아이템이라······.

틀림없이 파편 무구였다.

하나 한국의 파편 무구 중 검은 이미 주인이 있다.

한국 E&T 최고의 욕심쟁이로 알려진 바미안의 영주가 그 주인공이다.

한국 E&T의 왕따, 또는 울따.

여하튼 분명한 사실은 이 검이 파편 무구의 이펙트를 뿌리고 있다는 것이다.

한데 한국 유저보다 일본 유저들이 이 검을 먼저 알아보고는 비명에 가까운 반응이 토해졌다.

[앗! 저것은…….]

[요도 마사무네다!]

[파편 무구 마사무네다—]

[어떻게 된 일이야?!]

[왜 마사무네가 한국 유저 손에 있는 거야?]

그랬다. 지오의 손에 들린 것은 일본 E&T에서 행방이 묘연한 파편 무구 가운데 하나인 '요도 마사무네' 였다.

지오는 예의 가소롭다는 웃음을 자랑하며 흑형의 투구 끝에 마사무네를 꽂았다.

큐웅—!!

경쾌한 소음이 엔진의 중저음을 다시금 눌렀다.

순간 흑형의 장갑 실루엣을 타고 검붉은 형광색 이펙트가 타고 흘렀다.

흑형이 토하는 거칠고 사나운 엔진음이 일순 잦아들며 투구 안의 검은 동공에선 검붉은 불빛 두 개가 살아나 투구 밖으로 넘실거렸다.

마치 생이 다한 데스 나이트에게 다시 한 번 생을 부여한 것과 같은 모습.

이어 거대한 강철거인에서 불길한 검은 오러가 아지랑이처럼 피어올랐다.

옅은 아지랑이가 흑형의 투구를 중심으로 검붉은 후광이 드리워졌다.

요도 마사무네의 증표!

수많은 일본 유저들의 피를 머금은 파편 무구임을 증명하기라도 하듯이.

"파편 무구를 품은 강철거인의 기동 시간은… 두 배로 늘어나지. 그만큼 이 몸의 노획물도 늘어난다고나 할까. 크크크."

지오는 한 번 더 일본 진영을 향해 비웃음을 날린 후 조종석으로 미끄러지듯이 들어갔다.

그랬다. 킹 급 강철거인에게도 단점은 있다.

고중량으로 인해 기동 시간이 짧다는 것. 그 때문에 장식용이라는 평을 듣고 있다.

하나 지금처럼 파편 무구를 액세서리로 품으면… 이야기는 달라진다.

지오를 받아들이자 흑형의 투구에 드리워진 후광이 더욱 짙어졌다, 마치 끓어오르는 피처럼.

일본 진영이 쥐 죽은 듯이 고요해졌다. 하나 침착하게 투기를 가다듬기 위한 고요가 아니었다.

이것은 공통된 커다란 의문에 기인했다.

우리의 마사무네가 왜 한국에 있지?

왜 일본의 파편 무구가 한국 유저 손에 있는 거지?

요도 마사무네… 일본 E&T가 구현한 최고의 파편 무구다.

검붉은 빛을 발하는 새파란 검신의 카타나. 진정한 주인을 찾을 때까지 요사스러운 핏빛을 발한다고 알려진 검.

요도 마사무네가 발하는 이 요사스러운 빛은 감추어지지 않았고, 요도의 소유자는 금세 정체가 알려지고 말았다.

소유자의 머리 위로 천사와 같은 후광이 생겨났다, 불길한 빛을 가득 머금은 후광이.

여하튼 요도는 유저들의 피를 머금을수록 강해진다고 알려졌고, 이를 증명하듯이 수많은 일본 유저들이 마사무네를 쟁취하기 위해 처절한 쟁패의 나날을 보내야 했다.

한국의 파편 전쟁과는 또 다른 차원의 쟁패가 검 한 자루를 놓고 일본에서 벌어졌다. 스스로를 사무라이라 자칭하는 일본 능력자들 간의 혈투였다.

자신이 사무라이임을 증명하려는 일본 유저들이 떼로 몰

려다니며 서로를 베고 가르며 소란을 피웠다.

마사무네는 충분히 그럴 가치가 있는 아이템이었다.

카타나라는 일본이 자랑하는 무기라는 상징성에다 다른 파편 무구를 뛰어넘는 성장형 아이템이라는 점이 일본 유저들을 더욱 자극했다.

유저는 성장하지 않지만 아이템은 피로서 성장한다!

성장형 아이템은 누가 뭐라 하든 사기 아이템이다.

그로 인해 마사무네를 쥐는 순간 모든 사무라이들이 그를 표적으로 삼아 달려들었다. 그때마다 마사무네는 오묘한 힘을 발휘해 도전하는 사무라이들을 손쉽게 베어 넘기며 그 파괴적인 존재감을 발휘했다.

베어 넘길수록 마사무네는 강해졌고⋯ 그 힘에 취한 소유자는 그 힘을 주체 못해 미쳐 날뛰었다.

유저들을 베어 넘길수록 마사무네의 능력이 늘어나니 그럴 수밖에.

때문에 생산직 유저들도 가리지 않고 베어 넘기는 소유자들이 속출하기에 이른다.

점잖은 일본 가상 사회에 일대 파란이 벌어졌다.

마사무네는 피를 먹고 자라나는 마물이었다.

하나 아이템의 소유자는 단 일인. 수많은 손을 홀로 감당할 수는 없는 노릇이었으니⋯ 하루에 최소 두세 번 꼴로 소유자가 바뀌었다.

그런 아비규환 속에서 한 번이라도 마사무네의 마력을 경험한 사무라이들이 더 문제였다. 그들은 그 힘을 다시 취하려고 필사적으로 요도를 찾아 헤매며 일본 E&T를 혼란의 도가니로 몰아넣었다.

요도 마사무네는 그렇게 수많은 사무라이들의 손을 거치며 일본 E&T에 흘러다녔다. 피의 길이 아닐 수 없었다.

그런 쟁패의 나날이 108일간이나 이어졌고, 이 108일 쟁패라 불리는 사건이 일본 E&T의 유저 수가 처음으로 일천만을 넘기는 계기를 만들었다.

한데 108일 쟁패를 끝으로 요도 마사무네의 종적은 사라졌다. 이후 일본 E&T 그 어디에서도 요도가 발하는 검붉은 빛을 본 자가 없었다.

요도도, 요도의 주인도 사라져 버렸다.

그랬다.

요도가 자신의 주인을 인정한 것이었으니 만 인을 베어 넘긴 사무라이가 나타난 것이리라.

홀로 만 인의 피를 취한 자만이 마사무네의 진정한 주인으로 인정한다 했다.

요도는 진정한 주인으로 인정해야만이 요사스러운 검붉은 빛을 감춘다. 그 빛이 드러날 때는 오직 주인을 위해 그 힘을 발휘할 때뿐.

108일 쟁패에 참가한 사무라이들은 마지막으로 본 요도의 모습을 그렇게 기억하고 있다.

시체의 산 위에서 저녁노을을 바라보며 요사스러운 검붉은 빛을 뿌리는 검을 높이 치켜든 유저의 뒷모습.

108일 쟁패의 끝을 알리는 단 한 장의 그림이었다.

이것이 요도의 주인공이 탄생하는 순간이었다.

이 정체를 알 길 없는 유저에게 일본 유저들은 명명했다.

또한 누구도 이 명명에 이견을 달지 않았다.

잉여천황!

감히 일개 유저에게 '천황'이라는 칭호를 부여한 것이었다.

그 칭호가 부담스러웠는지 요도도, 요도의 주인도 그 후 일본 E&T에서 종적이 묘연해졌다.

49인의 사무라이 가운데 있지 않을까라는 추측과 잉여천황은 강철거인을 다룰 수 없는 장비치라는 핸디캡이 있다는 식의 추측이 난무했다.

그도 그럴 것이, 이후 일본 E&T의 쟁패는 강철거인 간의 겨룸으로 가늠되었기에.

한데 그 요도가 모습을 드러냈다.

그것도 한국 유저의 손에서.

이는 무엇을 말함인가?

자신들이 천황이라고 명명한 유저가 한국 유저라는 말인데…….

잉여천황이 한국 유저였다니!

일본 유저들이 경악하는 이유였다.

그리고 그 유저가 지금 한국 진영의 선봉에 당당히 서서 자신들을 조롱하고 있다.

'너희들의 파편 무구를 내가 가지고 있다. 가져갈 테면 가져가 봐라.'

조롱이었다.

모멸감과 배신감이 일본 유저들 사이에 스며들었다.

이 당혹감은 49인의 사무라이가 더욱 심했다.

무사시를 제외한 48인의 사무라이가 잉여천황을 존경했다.

잉여천황이 기계치, 장비치라는 추측을 믿으며 그가 보여준 108일간의 일인 쟁패를 무사도의 극치라고 생각하며 존경해 마지않았다.

자신들이 108일간의 쟁패에 직접 참여도 했고 지켜도 보았기에.

잉여천황은… 인간이 아니었다.

괜히 천황이라는 별명을 붙인 게 아니다.

일본에서는 천황은 살아 있는 신과 같은 존재다.

신!

그랬다.

잉여천황은 게임의, 투쟁의, 전투의, 생존의… 신이었다.

그런 잉여천황이 한국 유저라니…….

마사무네의 실종, 잉여천황의 부재가 이제야 설명이 되었다.

마사무네의 주인은 눈앞의… 한국 유저였다. 그것도 부캐였다.

機甲戰記
Massacre
기갑전기 매서커

이럴 수가!

잉여천황이 한국 유저였다니…….

　일본유저들의 당혹감이 커지며 모멸감으로 번지고 있는 사이 냉정을 유지하고 있는 일인이 있었으니, 그는 바로 무사시였다.

　'…올 게 왔군.'

　생각은 그렇게 했지만 무사시의 머리는 복잡했다.

　무사시는 이 그림을 제일 걱정했다.

　마사무네의 주인이 등장하는 장면!

　무사시는 알고 있었다, 마사무네의 주인이 한국 유저라는 것을.

아무리 가상이라 해도 생과 사의 경계를 웃으면서 넘나들던 사내를 어떻게 잊을 수 있단 말인가.

일본의 무사도를 조롱하며 무조건 살아남는 게 지고의 선이라며 몸소 보여주던 청년.

청년은 마사무네를 아무렇지도 않게 버리고 취하길 반복했다. 그랬다. 불리한 형국에서 그는 여지없이 마사무네를 포기했다.

하나 결국엔 마사무네를 길들였다.

마사무네는 알려진 대로의 요도가 아니었다. 단지 스스로 주인을 선택할 뿐이었다.

만 인을 베어야 주인을 섬긴다는 점은 주인을 택하는 여러 요건 중 하나일 뿐이었다.

사무라이들은 이 점을 간과하며 평범한 유저까지 베어 넘기며 난리를 피워댔지만, 한국에서 온 유저는 단지 위기를 넘기는 도구로 마사무네를 취급할 뿐이었다.

길들이기 나름인 것이다.

자신 역시 마사무네를 쥐어봤기에 안다.

아무튼 그는 그렇게 일본 유저들을 조롱했다.

그렇기에 그가 참전 못하도록 흑막의 어르신들에게 부탁한 것이었다. 한국 유저가 다 죽어도 그만은 살아남아 끝까지 투쟁할 것이기에.

무사시에게로 현재 한국 진영의 정보가 실시간으로 전해지고 있었다.

친절한 한국 방송이 매서커 부재의 실망에 이어 그의 재등장을 뜨겁게 환영하고 있다는 내용이었다.

'역시 괴물이군… 잉여천황이 부캐였다니.'

매서커의 부재를 주문한 것이 더한 악수를 부른 셈이 된 것이리라.

일본 유저들의 동요도 같이 전해져 왔다.

그리고 일본 방송의 호들갑도 동시에.

무사시는 속속 전해지는 자국 방송 내용에 쓴웃음을 지었다.

'천황이 도래인 출신인데 고작 잉여천황이 한국 유저라는 게 뭐가 이상하다고… 병신들.'

그래, 올 게 왔을 뿐이다.

이제 당당히 마주하기만 하면 될 뿐.

자신에게 있어 매서커든 토르든 잉여천황이든 던져 줄 더미는 넘치고 넘치니까.

"…기꺼이 마사무네를 회수해 주지. 후후."

무사시가 냉정한 반면, 다른 사무라이들의 사정은 그렇지 못했다.

자신들은 그 108일 쟁패에 참여했고, 그것을 자랑으로 여기고 있었다. 또한 그 사건은 자신들의 주요 경력이었다.

49인의 사무라이 위에 잉여천황이 있다는 말을 들어도 전혀 기분 나쁘지 않았다. 오히려 그런 능력자와 경쟁했다는 것에 자부심이 일 정도였다.

그런데 그런 자신들이 존경해 마지않은 인물이… 한국 유저였다니.

모욕감의 정도가 일반 일본 유저들과 확연히 달랐다.

특히 잉여천황을 정신적 지주로 여긴다고 입버릇처럼 이야기하고 다녔던 창잡이 산스케의 분노는 이루 말할 수 없었다.

산스케는 7인대에서 유일하게 검이 아닌 창을 주 무기로 사용하는 사무라이다.

108항쟁 시기에 잉여천황에게 도전해 다섯 번이나 죽임을 당했지만, 단 한 번 그의 어깨를 창으로 꿰뚫었던 전적에 자부심을 가지고 있었다.

'나의 우상이 센징이라고?!'

도저히 용납할 수 없었다.

경멸해 마지않는 센징을 자신이 우상으로 섬겼다는 사실!

산스케는 발작했다.

"칙쇼―! 죽여 버리겠어!!"

8미터 장창을 겨눈 강철거인이 튕기듯 앞으로 튀어나갔다.

쿠쿠쿠쿠쿠쿵!

산스케의 등 뒤로 굵은 얼음 파편이 튀어 올랐다.

[멈춰 같이 상대해야…….]

[진정해—!]

나머지 동료들의 뒷말은 더 이상 이어지지 않았다.

이미 돌진을 개시한 산스케의 강철거인의 등이 시야에 들어왔다.

너무도 곧고 우직한 돌격!

산스케의 장창 끝에 노란 빛의 입자가 모여들며 둥글게 뭉쳤다.

창끝이 상대에 닿는 순간 오러가 터지며 철판을 뚫어버리는 산스케만의 궁극기였다.

프랑스전에서 방패를 뚫고 그 뒤를 받치던 두 기의 강철거인까지 총 세 기를 차례로 꿰어버렸다. 이에 더해 연속 다섯 번을 성공시킨 것은 랭커답게 거리와 간격을 무시한 성과였다.

이를 산스케의 은행 꼬치라 불렀다.

지오와의 거리는 궁극기를 펼치기에 넘치고도 남았다.

오히려 이 정도면 지오의 강철거인을 흔적도 없이 날려 버릴 만한 에너지를 모으기에 충분한 거리였다.

그렇게 돌진의 거친 진동이 지오의 손끝에 전해졌다.

"…걸렸군."

도발은 먹혔다.

마사무네가 자신의 손에 들어온 뒤, 이런 용도로 사용하게 될 줄은 미처 예상치 못했다. 하지만 실제로 강철거인의 기동 시간을 늘리는 용도 외에 적을 격분시키는 실질적인 효과가 있었다.

지오는 경험했다, 일본 유저들이 얼마나 냉정하고 꼼꼼한 지를… 감정의 결의를.

그리고 자신도 같이 죽겠다는 각오로 스스로를 내던지는 맹목적 무모함도.

쿠쿠쿠쿠쿠쿠쿠—

몸을 타고 느껴지는 진동이 더욱 급박해졌다.

터텅—

금속이 튕겨지는 소리가 울리며 산스케의 강철거인의 주요 외장갑이 분리되어 대기 중으로 흩어졌다.

동시에 세 배가 넘는 가속이 산스케의 강철거인에 붙었다.

[죽여버리겠어—!]

산스케는 자신을 내던지려 함이었다.

"좋은 자세!"

지오는 상대의 각오를 읽었다.

샛노란 에너지체가 뭉쳐진 채 자신의 눈을 향해 다가오고 있었다.

그렇게 느끼는 순간, 어느새 눈앞에 다가와 있었다.

지오는 그 에너지체의 거대한 팽창을 순순히 맞이했다. 그렇게 앞으로 나아간다는 느낌으로 하체를 순간 비틀었다.

성난 황소의 돌진을 받아 넘기는 투우사같이 허리를 살짝 트는 그림으로 저돌적인 노란 에너지체 덩어리를 흘려보냈다.

스스스스승—

에너지체가 흑형의 장갑과 스치며 오렌지 빛 섬광이 길게 이어졌다. 그렇게 노란 에너지체가 돌출한 가슴 장갑 어림을 스치듯이 훑고 지나갔다. 마찰 부위의 길쭉한 상흔을 따라 장갑이 벌겋게 달구어졌다.

그 열기는 바라보는 것조차 눈이 따가울 정도였다.

'역시… 랭커라 이건가.'

하나 곧 저돌적인 돌격을 감행한 적 강철거인의 어깨 측면이 눈앞에 들어왔다. 종이 한 장의 간격이라면 간격이다.

지오는 회피와 동시에 거대한 주먹을 하늘 높이 치켜든 상태!

순간 찍어 누르듯이 상대의 가슴 돌출부를 가격했다.

파핫, 카캉—!!

와당탕, 우드드드둥—!

창잡이 산스케의 강철거인은 발에 걷어차인 맥주 캔마냥 수십 바퀴를 모로 굴렀다.

이어 강철거인의 팔다리가 기형적으로 꺾인 채 정지했다. 모로 꺾인 팔목이 짧게 퍼득거리다 멈추었다.

그리고 긴 침묵이 이어졌다.

순식간에 판가름 난 교전의 결과에 다들 아연했다.

랭커 산스케가 한주먹에 나가떨어지다니…….

양측 모두에게 떠오른 공통된 생각은 단 하나!

역시… 매서커.

물론 강철거인의 성능 차이를 이야기할 수는 있다.

창잡이 산스케의 강철거인은 나이트 급 골렘으로, 일본이 자랑하는 '제로' 기체였다.

공격력, 방어력, 기동 시간까지 완벽한 조합을 이루었다는 뜻으로 만들어진 일본의 자랑하는 강철거인이었다.

킹 급과 나이트 급과의 체급 차이는 분명 있다.

운전 중량 64톤과 46톤에는 분명 차이가 있다. 하나 이 정도로 힘에 눌려 장난감 취급당할 차이는 아니다.

그리고 골렘 유저라면 모두 보아서 알고 있다.

산스케는 궁극의 스킬을 걸었고, 매서커는 그저 동물적인 감각으로 상대했다는 것을.

이것이 랭커 위의 랭커의 실력임이라.

무사시는 퍼뜩 정신을 차렸다.

'더 이상 말려들면 안 돼!'

산스케 같은 흥분은 곤란했다, 자신의 전술을 구현하려면.

무사시는 두 개의 검을 치켜들었다.

쳐정—!!

"적은 킹 급, 주 무기 역시 중병기다. 아무리 마사무네의 힘을 빌렸다 해도 기동 시간은 한 시간을 넘을 수 없어. 이후 단독 도전자는 내가 베어버리겠어!"

[…….]

무사시답지 않은 단호한 외침이었기에 일본 유저들은 머리에 찬바람을 밀어 넣었다.

"매서커는 우리 7인대가 전담합니다. 7인대는 지구전으로—!"

이젠 6인대로 칭해야 했지만 무사시에겐 상관없었다.

무사시를 중심으로 다섯 기의 제로형 강철거인이 지오에게 조여가는 느낌으로 다가들었다.

홀로 떨어진 황소를 사냥하는 하이에나 무리같이 앞서거니 뒤서거니 하는 식으로 무사시를 중심으로 넓은 횡대를 이루었다.

지오는 상대의 의도가 읽혔다.

자신이라도 그와 같은 선택을 했으리라.

"훗, 힘을 빼시겠다?! 어울려 주지."

지오는 발치에 세워놓은 거대한 해머, '토르의 망치'의 손잡이 끝 부위를 쥐었다. 그러자 접근하는 여섯 기의 강철거인이 주춤했다.

하나 그들은 토르의 망치의 목표가 아니었다.

두 진영은 지금 서로를 향해 다가가는 중이었다.

일본 진영이 대와 오가 바둑판처럼 반듯하다면 한국 진영은 많이 흐트러진 상태.

일본의 강철거인들은 특유의 문장과 색의 깃발로 자신들의 부대를 구분했기에 한국측보다 질서정연했다.

일본과 마찬가지로 한국도 결승전을 대비해 전력을 보존해야 했다.

열전을 피할 수는 없다. 그러나 할 수 있는 데까지 피해는 줄여야 했다.

지오는 주춤한 6인대가 거리를 좁히기 전에 묠니르를 휘두르기 시작했다.

웅, 웅, 웅—

원형의 절대권역이 순식간에 만들어졌다.

어렴풋하던 망치의 잔상이 두꺼운 검붉은 선으로 바뀌었다.

아무리 기계의 힘을 빌렸기에 가능한 동작일지라도 인간이 견딜 만한 회전력이 아니었다.

그러는 사이 양측의 전력은 상대를 향해 조심스러운 접근을 중지하고 빠르게 달리기 시작했다.

벌써 선두 열에서는 돌격 스킬 가동하는 이펙트가 피어올랐다.

그리고 적의 대열이 사정권에 들었다.

그 순간 지오는 갑자기 회전을 뚝 멈추었다.

"토르의 탐색—!"

지오를 중심으로 한 짙은 잔상이 사라지며 양손에 쥔 두 개의 거대 해머가 사라졌고, 그와 동시에 검붉은 포물선이 무음을 그리며 일본 진영의 머리 위로 떨어져 내렸다.

쾅광, 우르르릉, 와당탕!

포탄이 떨어진 듯 바닥의 얼음 파편이 비산하며 일본 진영을 뿌옇게 덮쳤다.

그게 시작이었다.

낙하지점을 중심으로 거미줄 같은 충격파가 퍼져 나갔다.

쩌저저적—!!

거미줄 같은 균열이 끓는 물속의 조개처럼 입을 벌리며 거대한 원뿔형 함몰이 생겨났다.

지진으로 지면이 꺼진다는 것이 이런 것이리라.

그게 전부가 아니었다. 함몰은 그 크기와 깊이를 키워가며 하얀 캔버스 위에 물감이 번지듯이 사방으로 그 범위를 넓혀 나갔다.

상식을 벗어난 이펙트였다.

함몰 부위를 중심으로 수십 기의 일본 측 강철거인과 얼음덩어리가 엉기며 빠져들었다.

첫 충격에 파손된 강철거인의 대수는 알 길 없다. 대신 일본 진영에 생긴 두 개의 거대한 공동과 팽창은 질서정연한 일본 진영을 단번에 흩뜨려 버리는 계기가 되었다.

충격파에 이어 갑자기 사라져 버린 적 무리와 대열!

전투 개시를 알리는 신호였다.

한국 유저들이 일시에 돌진 스킬을 터뜨리며 앞으로 내달렸다.

"와아—!!"

"하압—!!"

입에서 절로 함성이 터져 나왔다.

그동안 내외적으로 한국의 선전을 방해하는 수많은 시도가 있었다. 꾸역꾸역 참아왔지만, 이제 참을 만큼 참았다.

그 분노를 터뜨릴 상대는 충분했다.

형형색색의 빛들이 거대한 해일로 화해 일본 진영을 향해 덮쳐들었다.

E&T가 처음부터 구현하고자 했던 전장의 그림이 지금부터 펼쳐졌다.

10분이 흘렀다.

거친 금속 파열음과 마찰음이 어우러지며 전장은 오히려 무음에 가까운 상태였다.

거친 숨소리와 욕설, 동료를 격려하는 통신음이 여과없이 서로의 통신관을 두드렸다.

전장은 우열을 가릴 수 없는 열전에 빠져들었다.

지오의 현 상태는 좋지 않았다.

"이것 참, 잘못하면 망신당하겠는걸. 헤헤."

엄살이 아니었다.

뮬니르가 돌아오지 않아서다.

'돌아와! 돌아오라니까?! …너무 멀리 던졌어.'

실력이 안되면 장비 빨이라 했잖은가.

나름 신병이기로 위기를 넘기려한 지오에게 위기가 닥친 셈이었다.

게다가 상대는 허세가 통하지 않는 일본의 랭커들!

지오가 파편 주자의 자격으로 일본 E&T를 유랑했을 무렵, 당시 일본 유저들의 검을 다루는 능력에 깊이 탄복해 마지않 았었다. 그렇기에 부캐론 애초부터 무기술로 그들과 얽혀들 생각 자체가 없었다.

주캐인 매서커가 블록당한 상태에서 나온 부캐의 무기술 은 일천한 면이 있었다.

망치질 외엔 백치였다.

상황은 강철거인도 마찬가지였다.

흑형은 드워프의 던전에서 발굴되었다. 그리고 그곳에서 일(?)했다. 드워프의 광산에서 암반을 뒤집을 때 유용한… 채 굴 장비의 개념으로 이용되었다.

전장보다는 거친 광산이 흑형에게 가장 어울리는 장소이 리라.

그랬다. 단 한 번도 전장에 내놓은 적이 없기에 전투를 경 험한 적도 없는 강철거인인 것이었다.

토르의 망치로 대지를 내려쳐 거대한 함몰 부위를 만들어 드워프의 채광을 거들었을 뿐이었다.

그렇다. 한마디로 무식하다!

지금은 오직 한국의 사기와 일본을 자극하기 위해 등장시켰다.

첫 교전한 산스케가 그렇게 허무하게 당한 게 되레 이상할 정도였다.

그렇게 자신이 자부하는 동물적인 감각은 첫 교전에서 제 몫을 해주었다.

한데 이후가 문제였다.

“짜식들, 준비를 철저히 했군…….”

단 10분 만에 숨이 차올랐다.

지오에게 다가선 여섯 기의 강철거인은 절대 지오의 정면과 마주치지 않았다. 점유 면이 삼분지 일, 오분지 일 식으로 적극적인 교전을 회피하며 견제로 일관했다.

그나마 무기를 버린 게 나은 선택이었다는 게 위안거리였다.

아무튼 6인대는 지오를 자신들의 우리에 가두어놓으려고 집요하게 달려들다가도 뒤로 물러나기를 반복했다.

지오와 6인대 간에 싱거운 교전은 그렇게 이어졌고… 상황을 타파할 만한 돌파구는 좀처럼 생겨나지 않았다.

그런 갑갑한 대치가 흐르는 가운데 지오에게 하나의 가능성이 보였다.

'…구멍이다!'

6인대의 움직임 중 처지는 한 기가 있었다.

처음엔 유인책인 줄 알았다.

하나 그 강철거인의 움직임은 일관되게 뭔가가 결여된 듯 보였다.

극단적으로 표현하자면, 마치 혼이 나간 그런 느낌이랄까.

동료들과 철저히 보조를 맞추고 있지만 지오는 분명 그 점을 느낄 수 있었다.

자신이 슈팅 아머를 타고 전장을 누빌 시 동료들끼리 통신을 끊은 채 슈팅 아머 간의 수신호와 손가락의 미세한 움직임으로 의사를 주고받았다.

그 수신호가 평사시보다 요란하든지 머뭇거리는 식으로 자연스럽지 못한 동료들은 예외없이 쓰러졌다.

지오는 당시 그것을 '죽음의 신호'라 생각했다.

그런 느낌을 말로 표현하기는 뭐하지만 전장에서만 접할 수 있는 일종의 감이리라.

거창하게 의식 너머의 영역이라 치자.

이 한 기의 강철거인에선 곧 죽을 것 같다는 느낌이 강하게 풍겼다. 아니, 오히려 이미 죽어 있다는 느낌에 가까웠다.

이 일본의 사무라이에게 어떤 사건이 있었는지 지오와는 상관없다. 다만 이용할 뿐이다.

지오는 그 한 기의 강철거인에게 집요하게 매달리지 않았다.

아니, 오히려 존재를 무시했다.

그 한 기를 철저히 무시하며 나머지 다섯 기에 집중했다.

그러자 당장 상대에 대한 점유 면이 늘어나기 시작했다.

그렇게 수를 바꿨지만 소외된 한 기의 반응은 여전히 미미했다. 하나 곧 자신의 존재를 증명이라도 하려는 듯 격한 반응을 보이기 시작했다.

이 문제의 강철거인의 정체는?

그랬다. 그는 바로 후유끼였다. 무사시에게 혼이 베여 버린 사무라이.

후유끼는 자신에 대한 지오의 견제가 갑자기 없어지자 얼떨떨해했다.

그리고 곧 그것은 분노로 돌변했다.

한국의 매서커마저도 자신의 존재를 비웃고 있음이라.

무사시에게 칼도 빼어보지 못한 채 항복을 선언한 사실에 대해 매서커가 조롱하는 것처럼 느껴졌다.

그는 잉여천황이니… 모두 알고 있어!

'빌어먹을…….'

게다가 상대는 무기를 던져 버린 채 맨손으로 여섯을 상대하고 있다.

후유끼의 머릿속에 떠오른 터무니없는 억측이 꼬리를 이었다.

머릿속이 혼란스러운 후유끼는 순간 산스케의 폭주에 대한 교훈을 잊었다.

'감히 이 후유끼님을 무시해?! 내가 베어버리겠어!'

후유끼는 갑자기 동작을 멈추었다.

그리고 지오의 강철거인을 정면에서 도전하듯이 맞이했다.

그로 인해 6인대의 동작이 뚝 멈추어졌다.

[후유끼, 이 자식!]

[후유끼?! 뭐 하자는 거야?]

후유끼를 제외한 6인대의 질책이 일제히 쏟아졌다.

그러자 혼이 나간 듯한 후유끼의 대답이 들려왔다.

"…내가 베어버리겠어. 네놈의 손목을 따버리겠어."

후유끼는 그 말을 끝으로 통신을 닫아버렸다.

지오는 적들이 보이는 이상 조짐에 회심의 미소를 지었다. 한데 똑같이 미소 짓고 있는 이가 있었으니, 그는 바로 무사시였다.

무사시는 곧바로 6인대의 통제에 들었다.

[모두 후유끼를 엄호한다. 후유끼가 당하면 플랜 B로……]

모두 무겁게 고개를 끄덕였다.

다들 산스케가 당할 때 플랜 B를 생각하고 있었다.

누구도 무사시의 플랜 B에 대해 이견을 낼 수 없었다. 플랜 A를 망친 것은 산스케와 지금의 후유끼였기에.

무사시는 오히려 결전의 시간이 당겨져 대만족이었다. 사사건건 자신에게 맞서던 후유끼가 자신을 도와줄 때도 있으니 오히려 대만족의 미소가 그려졌다.

'매서커를 베어버린 후, 한국 진영을 유린할 시간은 충분해.'

동료들에게 플랜 B를 이야기했지만 플랜 C가 실제 자신의 목적이리라.

각자의 계산이 빠르게 지나가는 사이, 후유끼가 지면을 끌면서 매서커를 향해 다가갔다.

앞으로 나아가면서 매서커를 향해 뻗은 도를 투구 위로 들어 올렸다.

검도에서 흔히 말하는, 왼손이 이마 위에 돌출된 좌상단 자세였다.

빈틈없는 위엄이 자세에 담겨 있었다.

거리상 두 주먹을 앞으로 겨눈 자신의 돌출된 팔을 노리고 있음이니 의심할 필요도 없는 일격이 두 팔 위로 떨어지리라.

스그극. 지면을 끌며 후유끼는 반보 더 다가섰다.

완벽한 공격권이었다.

후유끼는 오른손을 풀며 중심을 잡은 왼손에 집중했다.

그리고 마침내 하늘 끝을 겨누던 도가 채찍처럼 지오의 두 팔을 향해 떨어져 내렸다.

부오옥―!!

도가 대기를 두 동강 내며 떨어졌다.

지오는 후유끼의 공격을 느끼는 순간 감각적으로 지면을 밀어냈다.

튜둥, 드드득—

유령이 움직이는 것처럼 뒤로 스르륵 물러나며 두 팔 위로 떨어지는 일격을 타격이 미치는 거리만큼만 회피했다.

"좋은 공격!"

탄성이 절로 나올 정도로 후유끼의 공격엔 위력이 있었다.

후유끼는 끈을 잡아당기듯이 도를 회수해 다시 좌상단 자세를 잡으며 지오를 눈에 담았다.

조금 전과 똑같은 그림이 이어졌고, 후유끼는 다시금 반보 다가가 채찍을 뿌리는 식으로 도를 뿌렸다.

이번 목표 역시 손목이었다.

지오는 다시금 지면을 밀어 주르륵 물러나 공격을 회피했다.

상대의 공격도 공격이지만 지오의 감각적인 회피도 놀라운 것이었다.

지오는 발을 밀지 않았다, 무릎 부위의 탄력을 이용한 것이었다.

"…허허, 닥치니까 되잖아……."

웃지만 온 신경이 곤두선 상태였다.

후유끼의 공격은 단호했고 정밀했다.

이어진 재공격과 그만큼만의 정교한 후퇴가 반복되었다.

지오의 등엔 어느새 식은땀이 흥건하게 배었다.

'이크크, 검도 고수! 그렇다면……'

그 순간, 적의 파국 지점이 눈에 들어왔다.

후유끼의 도가 예의 규칙적이면서 위력적인 궤적을 그리며 떨어져 내렸다.

하나 지오는 이번만큼은 피하지 않았다.

'…정직하군.'

지금은 킹 골렘만의 성능에 의지할 때!

마음을 정한 지오는 타격점을 향해 두 팔을 교차하는 식으로 내밀었다, 마치 잘라보라는 듯이.

사나운 빛이 후유끼의 도와 지오의 팔이 맞닿은 충격점에서 터져 나왔다.

파층—, 경쾌한 금속 마찰음이 터지며 후유끼의 도가 튕겨 올랐다.

후유키의 도가 목표점에 도달하기 직전 팔목의 외장갑 돌출부로 받아올린 결과였고, 이 반동엔 강철거인의 무릎 반동이 실려 있었다.

무려 64톤에 달하는 막대한 중량이 한 지점에 실린 셈이었다.

후유끼는 도의 중심을 몸 안으로 끌어당기지 못해 허둥거렸다.

"크홋."

‘장갑으로 도를 튕겨?’

방패마저도 가르는 자신의 타격이 먹히지 않다니!

후유끼는 적이 자신의 타격에 맞서 타격으로 밀어냈음을 깨달았다.

그랬다. 우연으로 치부하고 싶을 만큼 탁월한 감각적인 반탄이었다.

지오가 킹 골렘 특유의 두툼한 장갑의 성능 덕을 보겠다고 마음먹긴 했지만 조종자의 능력이 받쳐 주지 않으면 의미없는 시도였다.

후유끼는 튀어 오른 도를 회수해 다시금 조이는 식으로 중심을 잡았지만, 상황은 이미 지오에게 공격 리듬이 넘어간 상태였다.

후유끼의 눈앞으로 상대의 거대한 두 팔이 확대되어 들어왔다.

‘기회!’

후유끼는 도를 튕겨낸 반탄과 동시에 적이 파고들려 한다 판단했다.

동시에 동물적인 감각을 좇아 도끼 찍듯이 도를 수직으로 내리그었다.

보오옥—!!

‘이 후유끼님이 매서커를 베었다.’

도끝에 걸리는 충격은 물론, 감촉조차 없었다.

허공을 가른 것이었다.

적은 반탄의 틈을 노려 파고들지 않았다.

당황한 후유끼의 시야에 허리 위의 상체만 뒤로 물린 적의 모습이 들어왔다.

검끝 1밀리 간격으로 회피한 것이었다.

믿기지 않는 유연함!

'뭐 이런!!'

그 순간 거대한 그림자가 후유끼를 덮쳤다.

두 손을 맞잡아 더욱 거대해진 주먹덩어리가 후유끼의 투구 위로 떨어졌다.

꽈작작—! 파팡—!!

짜부라진다는 게 이럴까.

후유끼의 강철거인이 모두의 시야에서 사라져 버렸다.

무사시는 후유끼의 상태를 확인하지도 않은 채 외쳤다.

"플랜 B!"

사실 매서커와 사무라이들이 접전에 든 사이 열여덟 기의 강철거인이 이들의 뒤로 조용히 접근하여 방관자처럼 도열해 있었다.

그랬던 그들이 마침내 무시시의 명령이 떨어지기 무섭게 움직이기 시작했다.

이들에겐 무기가 없었다, 장갑 또한 가슴과 복부에만 충실할 뿐. 특히 복부 장갑은 임신부가 연상될 정도로 팽창된 상태였다. 전체적으로 왠지 만들다 말았다는 느낌이 강하게 드는 강철거인들이었다.

이들이 움직이자 나머지 사무라이들의 견제도 다시 시작되었다. 하지만 좀 전의 견제와는 차원이 다를 정도의 적극적이고 거친 견제였다.

이는 매서커가 후유끼를 때려눕힌 그 위치에서 한 치도 벗어나지 못하도록 하려 함이었다.

그런 거친 견제 사이로 열여덟 기의 복부 팽창 강철거인들이 툭툭 튀어나와 방위를 점했다.

지오는 이들의 복부를 의심의 눈으로 바라봤다.

'용도가 뭐야?'

그만큼 이들이 두른 복부 장갑에 대한 의문이 가득했다.

복부 가득 그려진 욱일승천기(旭日昇天旗) 도장.

'설마……'

지오가 다가오는 적의 의중을 파악하려 집중하는데 등 뒤에서 불길한 기척이 감지되었다.

때려눕힌 후유끼의 강철거인이 검을 지팡이 삼아 몸을 일으키고 있었다. 두부가 등 뒤로 꺾인 상태로 겨우 붙은 채 덜렁거리고 있었지만 탑승자의 의지만 있으면 아직 전투가 가능한 상태였다.

지오가 등 뒤의 적을 감지하자 때를 맞춰 의문의 강철거인들이 '날 쳐달라!' 라는 듯한 식으로 비대한 배를 들이미는 것이 아닌가.

그리고 그 순간, 공용 통신을 통해 터져 나온 광기의 외침!

[반자이ー!!]

비대한 복부 장갑이 사나운 짐승이 아가리를 벌리듯이 쩌억 벌어졌다. 동시에 오렌지 빛 섬광이 찢어진 장갑을 중심으로 사납게 팽창되어 퍼져 나오며 지오를 향해 덮쳐 갔다.

꽈광ー!!

전장에 선 모든 이의 시선을 잡아당기는 굉음이 울렸다.

이어 똑같은 굉음과 섬광이 줄줄이 열일곱 번이나 이어졌다.

오직 하나의 지점을 향해.

콰콰쾅, 콰광!!

우르르르룽ー!

마치 폭탄이 투하된 듯한 그림이 한 지점을 중심으로 벌어졌고, 자욱한 금속 먼지가 뿌연 수증기와 함께 버섯구름이 되어 피어올랐다.

고오오오오오ー

그렇게 폭음의 여파는 오래도록 전장을 맴돌았다.

OF TEN DIVINE NAMES
War 08
열도 침몰

機甲戰記
Massacre
기갑전기 매서커

'…변태, 찐따 시끼들!'

지오의 머릿속은 갖은 욕지기로 가득 찼다.

지오는 일본이 자신이 감당할 수 없는 모종의 전략을 준비할 것이라 충분히 예상했다.

하나 이런 방법일 줄이야.

이것은 무엇인가? 어떤 사건이 연상되지 않는가?

그렇다.

가미가제!

일본은 자살특공대를 투입한 것이었다.

강철거인의 자폭을 통한 소각. 소중한 자산인 강철거인을

적에게 노획당하기 싫은 유저라면 모두 한 번쯤 생각해 봤음
직한 방법이다.

강철거인은 복합 아이템이다.

주요 뼈대에 무수한 마법 기관이 붙어 기본을 이루고, 그것
을 내 장갑과 외 장갑이 감싸는 형태로 이루어진다.

그중 가장 핵심인 기관이 마나 엔진이다.

사람으로 치면 심장에 해당하리라.

마나 엔진을 폭주시킨 상태에서 다른 내부 기관과의 연결
을 단절시키면 강철거인은 내부에서부터 타버린다. 그렇게
금속에 새긴 마법진이 녹아 거대한 고철로 화해 버리는 것이
다.

복구 및 재생이 불가능한 상태로 엔진이 타버린다는 것은
전소된 차가 되는 과정과 마찬가지.

지오는 강철거인이 일반화된 전투 상태에서 이런 식으로
자신의 강철거인을 쓰레기로 만드는 유저들을 많이 접했다.

일명 '주저앉아 똥 싸기' 라 불리는 방법이었다.

남 주기 싫다는 심리는 이해가 간다.

그러나 강철거인 한 대를 만드는 것은 수많은 유저들이 던
전을 탐험해야 하고, 더 많은 수의 유저들이 공을 들여야 가
능하다.

강철거인 한 기의 자폭으로 수많은 유저들의 시간이 공중
으로 사라져 버리는 셈이다.

당연히 강철거인의 희소가치가 더욱 커졌고 부품 거래에 터무니없는 가격이 형성되며 E&T가 귀족 게임으로 지탄받는 지경이 되었다.

이런 행태를 방지하기 위해 E&T에서 '똥 싸기'를 시도한 유저에게 페널티를 부여했다.

그 페널티는 모든 스텟의 초기화였다.

말인즉 캐릭을 키워온 모든 시간과 공이 제로가 됨이었으니, 자폭하는 순간 자신의 캐릭이 레고 인형이 됨을 각오해야 했다.

골렘 오너 캐릭이 그냥 만들어지는 게 아니니 그 이후 자폭으로 강철거인을 쓰레기로 만들어 버리는 행동 방식은 사라졌다.

자연스레 강철거인의 노획이 당연시되었고 부속품 거래 역시 안정화되었다.

그런 배경으로 강철거인의 자폭이란 개념은 E&T에서 사라지고 잊혀졌다.

그런데 일본은 그 자폭을 한 단계 더 발전시켜 지금 들고 나온 것이다.

자폭을 넘어… 공격 수단으로.

폭발력의 극대화를 통한 적의 제압!

좋다, 그런 하드웨어적인 장치는 그렇다 치자.

하나 이를 시행할 유저가 없으면 아무 의미 없는 장치이리라.

　그런데 일본엔 시키면 시키는 대로 의심없이 자신을 던지는 유저들이 있다는 것이었으니… 수년간 공을 들인 자신의 분신이 스텟 초기화가 되는 것을 절대 마다하지 않는 유저들이 일본엔 있다는 것이다.

　지오의 기분이 더러운 까닭은 바로 이 점 때문이었다.

　일본인들은 이렇게 말하리라, 한국인이나 서구인에게 절대 불가능한 자기희생이라고.

　하나 이는… 미친 것이다.

　그렇다, 엄연히 자기 학대다.

　대를 위해 소가 희생한다, 이는 일본인들이 당연시 여기는 대아론(大我論)인데, 엄연히 말해 비겁함의 또 다른 포장일 뿐이다.

　일본 사회가 아무리 서구화를 거쳐 개인화가 팽배한 사회가 되었다지만 근본적으로 개인에게 희생을 강요하고, 개인의 희생을 당연한 것으로 여기는 분위기는 고스란히 이어지고 있다.

　일본은 서로가 서로를 제한하도록 강요하는 억압된 사회다.

　그렇기에 가상임에도 자살 공격을 감행할 수 있는 것이고.

　자기희생이라는 자기 학대를 미화하고 당연시 여기는 사회… 일본은 변하지 않는 사회였다.

　이름 모를 일본 유저가 내뱉은 외침의 여운이 지오의 귓가에 오래도록 맴돌았다. 그것은 폭음보다도 긴 여운이었다.

‘시키는 놈이나 시킨다고 하는 놈이나… 쓰레기다.’

그렇게 씁쓸함에 진저리를 치며 전투 상태 점검에 들어갔다.

주변은 짙은 수증기로 인해 눈앞의 윤곽조차 판독할 수 없을 지경이었다.

통신은 폭발의 여파와 금속 먼지의 간섭으로 먹통 상태였고, 킹 골렘의 이상을 알리는 무수한 상태창이 중구난방으로 생겨났다 꺼지며 경고를 보내고 있었다.

조종석 공간이 노랗고 붉은빛에 갇힌 것처럼 느껴졌다.

“아찔하군.”

웅웅거리는 이명이 지오를 계속해서 괴롭혔다.

지오나 킹 골렘이나 상태가 영 엉망이었다.

지오는 파괴의 빛을 감지하자마자 등 뒤에서 나타난 강철 거인을 끌어당겨 앞세울 수 있었다.

다행히도 끌어당긴 적은 자신이 내려친 강타의 여파로 제정신을 차린 상태가 아니었다.

적이 그런 강타에도 불구하고 몸을 일으킨 것이 가상할 정도였다. 골렘 오너가 랭커로서 정신력을 발현했다기보단 ‘서서 죽겠다’는 그 자신의 무의식이 작용했으리라. 지오는 일본 E&T를 여행하며 자기 미화적인 변태들을 무수히 접했다.

그 덕에 일본 측의 첫 자살 공격은 적의 강철거인으로 막을 수 있었다.

뒤이은 폭발이 터졌을 때, 지오는 앞세운 고철을 안고 하늘 향해 드러누워 버렸다. 마치 전장에서 동료의 시체로 몸을 가리며 숨는 패잔병같이.

다행히 이어진 자살 공격은 매설된 클레어모어가 터지는 식으로 노출된 전면을 향해 덮치는 형식이라 위기를 무사히 넘길 수 있었다.

하나 그럼에도 강철거인의 심장인 마나 엔진이 터진 여파는 무시무시했다.

폭발의 사각에 위치하는 전장에서의 경험이 없었다면 지오의 강철거인은 이미 흔적도 없이 사라졌으리라.

지오는 억지로 몸을 일으키지 않았다.

킹 골렘의 상태도 상태지만 지금 당장은 죽은 체하기로 했다.

다만 하늘을 바라본 채 조금씩 움직이며 킹 골렘의 상태가 정상으로 하나하나 돌아오도록 동화율을 집중해 유도했다.

> …마나 엔진, 정상 기동 중입니다.

> 기동 전달부, 마력 전달율 33%, 48%… 66%로 복구되었습니다.

> …전투 기동 시간이 18% 줄어들었습니다.

기동엔 이상이 없었다.

어깨 외장갑 연결 부위로의 마력 전달이 불안정합니다. 물리 방어력이 38% 남았습니다.

대신 장갑 이음새가 충격파의 여파로 유격이 발생했는지 삐걱거리며 너덜거렸다.

이는 전투 시 거추장스럽게 작용하리라.

지오는 장갑 이음새를 풀었다.

그러자 철컹, 찰캉거리며 장갑이 흘러내렸다.

어깨 외장갑 연결 부위로의 마력 전달이 단절되었습니다. 물리 방어력이 8% 남았습니다.

…전투 기동 시간이 12% 줄어들었습니다.

방어력보단 기동 시간을 선택했다.

지오는 다시 숨을 고르며 지면을 통해 전해지는 진동에 온 신경을 집중했다.

다섯 개의 패턴이 다른 진동이 느껴졌다.

조금씩 전후좌우로 움직이는 것이, 공통적으로 초조함이

배어 있는 듯했다.

지오는 적들의 위치를 머리에 그렸다.

'다가오라고…….'

지오는 적이 다가오기를 기다리며 결코 먼저 서둘러 움직이지 않았다.

자신이 그럴 형편도 되지 않는데다 자신의 건제가 알려지면 제이, 제삼의 자살 공격이 가해질 것 같아서였다.

그러던 지오의 눈에 산산이 부서진 금속 잔해 안에서 도 한 자루가 들어왔다. 더미가 되어준 강철거인의 무기였다.

지오로서는 도신의 1/3이 부러졌어도 마다할 상황이 아니었다.

손가락을 살금살금 움직여 도를 쥐었다.

단검을 쥔 것 같은, 너무도 익숙한 중량감과 균형이 전해졌다.

지오는 빙판에 붙은 등을 타고 느껴지는 다섯 개의 조심스러운 움직임을 머릿속에 그렸다.

'…음!'

순간 한 개의 움직임이 사라졌다.

지오의 머리가 복잡해졌다.

자신의 건재함을 눈치챈 자가 있다니…….

자신과 비슷한 동물적인 감각의 소유자리라.

하나 우선은 다가오는 네 기의 사무라이를 처치해야 했다.

‘…괴물.’

무사시는 진저리를 쳤다.

그 폭발 속에서도 놈은 살아 있었다.

그리고 상태 또한 멀쩡할 것 같았다.

놈이 살아남은 방법을 자신의 상식으론 도저히 짐작할 수 없다.

공격 방법을 알고 있어도 피할 수 없는 공격임에도 그는 살아남았고, 이제는 자신의 동료들을 사냥할 기회를 노리고 있었다.

무사시는 일단 동료들에게 적의 건재함을 알리기보단 자신의 기척을 지우는 데 집중했다.

섣불리 동료들에게 경고를 주어 적에게 자신까지 위험에 노출되고 싶지 않았다.

동료… 미끼는 미끼일 뿐이었다.

지오는 네 개의 움직임과 사라진 하나의 움직임을 머릿속에 그리며 푸른 하늘과 흐르는 구름을 눈에 담았다.

뿌연 수증기는 어느새 사라지고 없었지만 굳이 눈과 소리로 적을 찾지는 않았다.

그저 등을 타고 전해지는 미세한 움직임만으로 적들의 동작을 하나하나 머릿속에 그렸다.

적들은 파편 무구 마사무네가 발하는 붉은빛을 쫓아 정확하게 자신을 향해 다가오고 있었다.

그리고 마침내 일정 거리를 두고 그들은 멈추었다.

누가 차지할 것인가를 놓고 서로를 견제하고 있음이었다.

무수히 많은 검은 금속 잔해 더미 속에서도 홀로 빛나고 있는 파편 무구를 향한 그들의 욕심과 욕망이 손에 잡히듯 읽혀졌다.

익숙한 상황이었다.

'훗, 그렇다는 거지……'

지오는 강철거인의 머리 위로 의식과 동화율을 집중해 파편 무구 마사무네와 연결했다.

마사무네는 기다렸다는 듯이 지오의 부름에 반응했다.

그 순간 투구 위의 붉은 고리가 선명하게 빛을 확장했다.

"하압—!"

지오의 기합이 터짐과 동시에 붉은 고리에 휘감긴 마사무네가 분리되었다.

아니, 이는 발사되었다는 그림이 맞으리라.

투구에서 분리된 마사무네는 빠르게 일직선으로 날아 사무라이들과 멀어져 갔다.

"앗!"

"마사무네—!"

멀어지는 마사무네를 보며 4인의 사무라이의 입에서 경호성이 터져 나왔다.

지오는 그들의 움직임이 순간 경직되었음을 감지하고는
한 팔로 빙판을 내려쳐 상체와 하체를 동시에 일으켰고, 서는
듯 마는 듯한 자세로 튕겨 나갔다. 이 모든 복합 동작이 마치
하나처럼 이어졌다.

4개의 칼끝이 자신을 사납게 겨누고 있었지만, 지오는 주
저없이 그 속으로 파고들었다.

일견 사지를 향해 뛰어드는 듯한 모양새였으나 두터운 외
장갑만이 적의 도에 적중되어 튕겨 올랐다. 연결 고리를 풀어
낸 효과였다.

그렇게 지오는 적의 사각 안으로 파고드는 데 성공했다.

이어 지오는 추호의 의심도 없이 수평으로 검을 그었다.

그러자 새파란 금속 불꽃이 팟팟 터져 나오며 네 기의 적
골렘이 견제하는 자세 그대로 멈추었다.

반 호흡을 훔친 결과였다.

"헉헉!"

마침내 지오의 참았던 숨이 터져 나왔다.

무사시는 이 모든 과정을 지켜보았다.

역시나 그다웠다.

그리고 감탄 대신 화가 났다.

자신 역시 마사무네가 날아간 방향으로 자세가 틀어진 상
태였기에.

조롱당했다는 감상이, 과거의 굴욕이 슬그머니 고개를 들었다.

일본 유저들을 파편 무구를 버리는 식으로 조롱하며 사람 좋은 웃음을 흘리던 청년의 얼굴이 떠올랐다.

"칙쇼!"

하나 손익계산은 빨랐다.

적은 여전히 빈틈이 고스란히 노출되어 있었고 거리 역시 자신이 유리했다. 결정적으로 상대의 부러진 도보단 자신의 도가 길었다.

칼끝에서 0.1미터만 파고들어도 자신의 승리였다.

무사시는 지오를 향해 동물적으로 달려듦과 동시에 도를 뿌렸다.

지오는 마지막 남은 사무라이의 위치를 놓친 상태였다.

그리고 이제야 마지막 남은 사무라이의 위치를 파악했다.

한데 왼쪽 어깨가 완벽하게 노출된 방위에서 적이 달려들고 있었다.

한 호흡 반이나 빠른 공격이었다.

킹 골렘의 발이 반사적으로 치켜 올라가 멈춰 선 사무라이 강철거인의 복부를 가격했다.

파팡―!

철판을 울리는 굉음과 동시에 가격당한 적 강철거인은 무사시를 향해 날아갔다.

부각—!

새파란 섬광이 터지며 날아간 강철거인은 허리 부위에서 부터 두 동강이 났다.

이어 두 동강 난 잔해 사이로 무사시의 강철거인이 벽을 뚫고 나오듯이 모습을 드러냈다. 속도는 전혀 줄지 않은 채.

지오는 이를 확인할 겨를도 없이 다시금 다른 강철거인을 걷어차 무사시의 진로를 막았다.

스캉—!

이번에도 경쾌한 소리와 함께 거대한 강철거인이 머리에서 복부선을 따라 갈라졌다.

오러가 담기지 않은 상태에서 보여줄 수 있는, 경이에 가까운 베기였다.

지오는 이번에도 결과를 확인하지 않은 채 나머지 강철거인 두 기를 차례로 밀어 넣었다.

결과는 마찬가지였지만 덕분에 한 호흡을 줄일 수 있었다. 하나 아직 반 호흡이 뒤지고 있음은 인정해야 했다.

"…허."

베기만큼은 본캐인 매서커의 능력마저 넘어선 자였다.

솔직히 매서커로도 이길 수 있을 거라는 자신이 없는 적이었다.

독이 오른 적의 기세마저 고스란히 강철거인을 통과해 전달되었다.

하나 생각은 길지 않았다. 아니, 애당초 고민에 들지 않았다는 게 맞으리라.

지오는 뒤처진 호흡을 벌기 위해 뒤로 물러나기보단 오히려 동화율을 터뜨리며 적에게 다가갔다.

순간 헐거워진 연결 고리에서 외장갑이 일시에 튕겨 나갔다.

육중한 장갑이 흉기가 되어 사방으로 흩어졌다.

파팟팟—!

무사시가 도를 종횡으로 뿌리며 지오의 파편 공격을 장난처럼 무마시켰다.

"이까짓 잔수."

적은 파편을 뿌린 틈을 타고 체중을 가득 담은 주먹을 뻗어 왔다.

무사시는 순간 자신이 승리에 다가갔음을 직감했다.

드디어 적이 펼칠 수 있는 수가 바닥난 것이다.

무사시는 자신을 향해 덮쳐 오는 지오가 탑승한 강철거인의 조종석을 향해 맹렬한 찌르기를 감행했다.

지오의 주먹보단 무사시의 검이 먼저였다.

이것이 좁혀지지 못한 반 호흡의 차이!

무사시는 자신이 마침내 승리했음을 직감했다.

상대가 자신의 마지막 수인 플랜 C로 응수하고 있지만 이보다 좋을 수 없는 상황!

지오는 자신이 좁히지 못한 반 호흡의 차이를 만회할 생각을 버렸다.

오직 반 호흡 먼저 다가갈 뿐.

상대의 새파란 검끝이 눈앞을 커다랗게 채우며 다가왔다.

의식을, 동화율을 주먹에 집중했다. 아니, 손목에…….

파팡—!

손목이 끊어지는 듯한 극통이 지오의 뇌를 헤집었다.

"……!"

하지만 그 순간, 무사시의 눈앞으로 커다란 주먹이 확장되어 들어왔다.

콰광!

머리통만 한 주먹이 무사시의 조종석이 자리한 가슴 부위를 가격하며 자세가 틀어졌고, 의심없는 찌르기의 사나운 끝은 미세하게 흔들렸다.

이 미세한 떨림이 승부를 갈랐다.

무사시의 맹렬한 찌르기는 마지막 힘 전달에 실패한 채 가슴 장갑의 두툼한 곡면을 타고 비껴 흘렀다.

크크크크크크크— 큭!!

'이럴 수가?!'

무사시는 경악할 겨를도 없이 자신이 공중에 떠 있음을 느껴야 했다.

킹 골렘이 자신의 강철거인을 머리 위로 치켜든 것이었다.

무사시는 자신이 어떻게 당했는지 깨닫기도 전에 아찔한

하강과 동시에 허리가 부러지는 격통이 척추를 타고 뇌를 마
비시켰다.

강철거인의 상황판이 검게 변했다.

무사시의 흐려지는 눈 속으로 뿌연 잔상 가운데 오른손이
없는 강철거인의 당당한 모습이 들어왔다.

‘……’

주먹을 분리시켜 날리다니…….

지오는 땅에 너부러진 무사시의 강철거인을 내려다보며
말했다, 상대가 듣지 못하겠지만.

“상상엔 불가능이 없지.”

지오는 통통 부어오르기 시작한 손목을 쓰다듬었다.

…무지 아팠다.

*   *   *

양측의 전투는 이미 중지된 상태.

오직 한곳에서 벌어진 전투 결과를 양측이 긴장한 채 집중
하며 바라보고 있을 뿐이었다.

그리고 그 결과에… 일본 유저들은 절망했다.

이럴 수가!

믿을 수가 없었다. 아니, 도저히 믿기지가 않았다.

7인의 사무라이가 매서커도 아니고, 매서커 부캐에 패하다니. 그것도 자살 특공대까지 동원했음에도 말이다.

무사시라는 자신들의 구심점이 사라져 버렸다.

남은 사무라이들이 있긴 하지만 그들로서는 한국의 랭커들을 견제하는 것만으로도 힘에 부쳤다.

그러니 이제 일본에 누가 있어 매서커의 킹 골렘을 상대할 것인가.

그리고 이미 밝혀졌다시피 상대의 정체는 잉여천황이다.

일본 유저들은 크게 동요하기 시작했다.

아직까진 형형색색의 깃발별로 뭉쳐 대와 오를 유지하고 있지만 도저히 싸울 엄두가 나지 않았다.

그렇게 재미, 흥미, 의욕을 급속히 잃어갔다.

그리고 다시금 지오의 킹 골렘에 시선이 집중되었다.

어느새 킹 골렘의 투구 끝에 위치한 마사무네의 붉은 고리가 다시 선명하게 자리 잡고 있었다.

지오는 자신을 향한 시선이 쑥스러운 듯 전체 통신을 날렸다.

"장기 두는 사람 어디 갔나?"

[와하하하하―!!]

커다란 웃음이 통신관을 가득 채웠다.

지오는 킹 골렘의 기동 시간을 체크했다.

…3분.

“오 노—”

지오는 식겁했다. 오른 주먹을 발사 아닌 발사하면서 엄청난 마력을 소모한 것이었다. 그리고 지금도 귀중한 시간이 새어나가고 있었다.

잘려나간 손목부위로 막대한 마력이 흘러나가고 있었다.

역시 공짜란 없었다.

이대로 기동이 정지되면 승패를 떠나 지오로선 손해가 막심한 것이다.

눈앞에 펼쳐진 일본 진영의 형형색색 깃발은 마치 잘 차려진 뷔페를 연상시키고 있잖은가.

지오는 어쩔 수 없이 요툰하임의 권능을 발휘하기로 했다.

쪽팔려도 할 수 없다.

지오의 킹 골렘에서 웅장한 외침이 울려 퍼졌다.

“토르가 왔다—!”

이에 지오가 던져 버린 두 개의 거대한 망치가 공중으로 떠올랐다. 그리고 지오의 킹 골렘을 향해 천천히 날아와 하나는 왼손에, 나머지 하나는 발치에 떨어졌다.

‘역시 킬 포인트가 생기니까 묠니르가 돌아오잖아!

나름 감격이었다.

지오는 왼손의 망치를 하늘 높이 치켜들었다.

“토르—!”

쩌정—!!

망치에서 연보랏빛 광채가 뿜어져 나왔다.

연보랏빛 광채는 서서히 확장되어 킹 골렘을 휘감았다.

이어 분리되어 어디론가 사라진 손이 날아와 잘려진 손목 부위에 자리했다. 마치 언제 분리가 되었냐는 듯이.

접합된 부위에서 보랏빛 광채가 강렬하게 빛났다.

지오는 보란 듯이 땅바닥에 놓인 망치를 이어 붙인 오른손으로 쥐었다.

힘 전달이 뻑뻑했지만 불쾌할 정도는 아니었다.

요툰하임의 권능. 이 권능의 발현도 전투에서의 킬 포인트가 생겼기에 가능한 권능의 발현이었다.

흑형이 광산의 암반을 부수는 생산 기기에서 전투 기기로 다시 태어난 것이었다.

지오는 다시 기동 시간을 체크했다.

…22분.

마력의 누수는 일어나지 않고 있었다.

이만하면 충분히 뷔페를 즐길 수 있는 시간이리라.

지오는 길쭉하게 웃었다.

부어오른 손목은 아이템을 모두 모은 다음에 끙끙거릴 문제다.

"어훙— 다 먹어버릴 테다!"

쿵쿵쿵쿵—!!

지오는 거체를 요란스럽게 흔들며 일본 진영으로 달려갔다.

등장과는 다른 철부지 개구쟁이같이 요란하게.

하나 일본 유저들 눈에는 양 떼로 변한 원숭이 무리를 몰이하려는 호랑이처럼 다가왔다.

지오의 질주가 일본 유저들의 심장박동을 두세 배 빨리 돌게 만들었다.

콰광—!! 와르르릉—

일본 진영에서 폭음이 터지며 보랏빛과 붉은빛 광채가 범람했다.

일본의 질서정연한 대열은 파도에 휩쓸린 모래성처럼 무너지고 흩어졌다.

…한 마리의 괴물에 의해서.

한국 유저들까지 눈을 돌려야했다.

양손에 망치를 든 미친 거인 하나가 원숭이 무리를 누비며 무자비하게 때려 눕히고 있었기에.

하나 곧 한국 유저들은 깨달았다.

미친 거인이 지나간 뒤로 주워먹을 것이 많다는 것을.

이날 지오는 일본 유저들을 상대로 라그나로크를 선사했다.

Act 00
블랙 포리스트

機甲戰記
Massacre
기갑전기 매서커

또 한 명의 고객이 찾아왔다.

"형제 작업장이죠?"

"예이~ 친절과 봉사의 형제 작업장입니다."

"대지의 일족 퀘템(퀘스트 템)… 팔아요?"

"그럼요. 드워프 물품 가운데 지금 남은 것은 탐광 곡괭이랑……."

"추천 퀘템으로 주세요. 가격은 개당 3만 원 맞지요?"

"예. 같은 길을 가는 입장이니 특별가로 모시고 있습니다."

"너무 양심적이시다."

나의 양심엔 털이 무성했다.

아무튼 원정대의 일정은 한 발짝 한 발짝이 돈으로 이어졌다.

드워프 물품을 가지고 있어야만이 연결 퀘스트에 관한 정보가 열린다는 것이 알려지자 같은 사장인 우리에게 원정대의 큰손들이 몰려들어 드워프의 도구와 연장들을 사 갔다.

드워프의 도구는 무구 수리 세트에 들어 있는 수많은 공구 가운데 하나로, 무구 수리 세트엔 대략 48개가량의 개별 연장들이 들어 있었다.

나는 골드 한으로부터 총 36개의 무구 수리 세트를 받았다.

수리 세트 하나당 150만 원의 수익을 기대할 수 있었고, 48칸의 공구 상자의 가치는 내가 정하기 나름이었다.

그런 의미에서 10분간의 휴식 시간이 주어지면 어김없이 한 건의 경매를 진행시켰다.

경매의 진행은 목청 큰 큰곰이가 맡았다.

"형제 작업장의 원정 기간 한정 특별 경매 시작합니다! 이번 물품은 초레어 아이템! 48칸짜리 드워프 공구 상자입니다!"

"아앗!!"

"오직 동료인 여러분에게만 기회가 있습니다!"

"우오~!"

우리를 둘러싼 갤러리들 사이에서 우호적인 탄성이 흘러 나왔다.

큰곰이의 이어진 외침은 업 앤 업.

"경매 참가 자격을 가진 원정대 참가 사장님들, 나오셔서 아이템 감정부터 하세요. 감정 스킬 업은 덤입니다."

"좋구나~!"

원정대에 참가한 사장들이 드워프 공구 상자의 상태를 확인하고는 뒤로 물러났다. 그들 모두는 예외없이 흥분한 얼굴이었다.

동아리끼리 뭉쳐 낙찰 금액을 맞추기 위한 분주한 의논이 오갔다.

"자, 시작 가격은 5만 원부터 시작합니다. 손을 들고 가격을 불러주세요."

경매가 시작하기가 무섭게,

"50!"

대장장이 차림의 해머 전사가 시작하자마자 열 배를 외쳤고, 장내의 분위기는 이내 뜨거워졌다.

"65!"

"99!"

"120!"

차곡차곡 가격이 올랐다.

"135, 135, 135! 없으면 해머 전사님에게 130에 낙찰! 해머 사장님, 축하합니다.”

처음 열 배를 외쳤던 해머 전사가 두 주먹을 불끈 쥐며 하늘을 향해 높이 쳐들었다.

“오예—!! 드워프 공구 상자다. 이렇게 빨리 선행 아이템을 가지다니.”

“여기, 상자 받으시고… 형제 작업장 연락처와 연결 계좌입니다.”

“수령했습니다. …송금했어요.”

경매는 단번에 끝이 났지만 장내에 모인 인물들은 자리에서 떠날 줄을 몰라 했다.

공구 상자를 수령한 해머 전사에게 사람들의 시선이 집중되었다.

유저들의 시선에는 거액을 치른 데 대한 우려와 의구심이 담겨 있었다, 과연 그만한 가치가 있을 것인가 하는.

“…….”

“뭐 나왔어요?”

누군가 궁금증을 이기지 못하고 해머 전사에게 물었다.

“…음, 오오~ 나왔다. 이, 이건… 드워프 장인이 숨겨놓은 공구 제작 레시피! 우와, 상급 아이템 제작 레시피잖아!”

“히야—!”

그랬다. 지금처럼 자신의 클래스와 연결된 비전서나 부가 아이템이 숨겨져 있다가 그만의 퀘스트와 연동되어 튀어나온 것이었다.

한데,

"앗!! 하나 더 있다. 드워프 전사 스킬, 방패 파괴 타격술!"

"우오—!!"

해머 전사를 향한 사람들의 시선은 이제 약간의 의구심에서 완전 부러움으로 바뀌었다.

반면, 조금 전 경매에서 밀린 유저들은 땅을 치며 낙담했다.

아이템보다 귀중한 Part 2 스킬을 습득한 것이기에.

아무튼 해머 전사는 제작 레시피에 전사로서의 전투 스킬까지 두 가지나 챙긴 셈이었다.

"형제 작업장, 아직 시간이 5분 남았는데, 한 건 더 진행하죠?"

모두들 강요에 가까운 시선을 보내왔지만 우리는 단호하게 고개를 저었다.

"원정에 집중해야죠. 앞으로 이보다 더 좋은 기회가 생길 것이니… 다들 아시죠?"

"……?"

"실탄 확보!"

"크으—"

다들 쓴웃음과 동시에 고개를 끄덕이며 냉정을 찾았다.

하나 분명한 것은 다음 경매엔 공구 상자의 경매가가 130만

원에서 끝나진 않으리라는 점이었다.

갤러리들은 각각 흩어졌고, 뿌듯한 얼굴의 해머 전사가 우리에게 감사의 미소를 보내왔다.

"형제 작업장, 친구 추가합시다."

암요, 바라는 바입니다.

"예, 감사히 친구 추가 등록했습니다."

또 한 사람의 충성 고객을 확보했음이라.

이에 등 뒤로 차가운 눈초리가 비수가 되어 내리꽂혔다.

공장들이었다.

방사—!!

*   *   *

지하철을 나서자 하늘을 찌르는 창같이 삐죽삐죽 빌딩들이 솟아 있는 장소가 나타났다.

나는 이정표를 찾아 목적지를 가늠한 후 높다란 빌딩 숲 사이를 터벅터벅 걸었다.

도로는 자신들의 빼어난 몸매를 자랑하는 전기 자동차와 앙증맞은 전기 자동차들로 가득 메워져 있었고, 거대한 빌딩의 한 면을 전기 자동차 광고 동영상이 점거하고 있었다.

거대한 광고의 압박이 나를 덮쳤다.

광고 영상은 캐주얼한 차림의 선남선녀 한 쌍이 완전 충전된 잘빠진 전기 자동차를 타고 서울을 출발해 부산에 도착하는 그림으로, 이어 수영복 차림으로 갑자기 변한 두 사람이 새파란 바다로 뛰어드는 그림으로 변해가며 빠르게 이어졌다.

이어진 영상은 어두운 전기 자동차 내부로 전환되어 운전석 옆 좌석에서 단잠에 빠진 여인을 사랑스럽다는 눈으로 바라보는 남성 운전자를 오래도록 담았다.

오골오골, 니글니글한 그림이 길게 느껴졌다.

아무튼 광고는 선남선녀가 다시 서울에 도착하는 장면으로 끝이 나며 출발 때 보여주었던 전기 자동차의 진녹색 에너지 바가 붉은 하트 모양으로 변해 있었다.

마지막으로 자막이 흘렀다.

00자동차의 신형 000에 여러분의 사랑을 충전해 주십시오.

마지막으로는 광고 자막이 흘렀다.

그렇게 한 번 충전에 부산까지 왕복할 수 있다는 전기 자동차의 뛰어난 경제력을 부각시키는 광고였다.

하나 광고의 이면은 이렇게 말하고 있었다, 모두가 가지고 있으니 당신도 반드시 사야 하는 물건이야, 라고.

폭력에 가까운 강요가 아닐 수 없다.

'…빌어먹을 전기 자동차.'

현 시대는 친환경 전기 자동차의 시대다.

말이 친환경이지, 그 친환경 전기차를 만들기 위해선 다양한 희귀토가 필요하다.

전 세계가 이 전기 자동차를 만들기 위해 파헤쳐지고 있다 해도 과언이 아니었다.

전기 자동차가 늘어갈수록 오지의 무수한 산림과 초원이 다국적 자원 개발사에 의해 달 표면 분화구처럼 변해갔다.

과거 화석 자원을 놓고 벌이던 전쟁은 이젠 이 희귀토를 놓고 벌어지고 있는 상황으로 전개되었고, 듣도 보도 못한 나라가 자원 부국으로 새로이 등장하기도 했다.

광고가 다시 반복되려 할 때 나는 고개를 돌렸다.

아무튼 이 시대의 청춘들은 돈을 벌면 무엇부터 살까?

광고가 시사하듯이 멋들어진 친환경 전기 자동차를 제일 먼저 사겠다는 답이 열에 네 명 꼴이었다.

아, 물론 남자들이 그런 대답을 했다.

여성 분들은 해외여행을 하겠다는 대답을 비슷한 비율로 했다.

나 역시도 멋들어진 친환경 전기 자동차를 가지고 싶은 청춘이다.

하나 전기 자동차는 게이머에게 있어 최대의 적이라 할 수 있다. 게이머에게 절실한 것이 있었으니, 그게 바로 운동이니까.

뚜벅이 만세!

사실대로 이야기하라고?

그래, 광고처럼 옆 좌석을 차지할 여친이 없어서다.

뭐, 차가 생긴다 해도 없는 여친이 절로 생길 것 같지도 않고.

그 많은 가상의 여인들은 뭐냐고?

어허, 가상의 여인이 현실로 튀어나오면 어떻게 된다고?

오체분시!

다들 오체분시가 뭔지 알죠?

그렇습니다. 현실의 지오는 분신술을 펼칠 수 있는 손오공이 아니랍니다.

가상의 인간관계를 유지하기 위해서는 가상의 여인 그 누구라도 현실로 나와선 안 되는 것이다.

그 누구도!

그런데 갑자기 이런 이야기를 하는 이유는?

가상 박람회에서 나름 가상의 여인(?)과 접촉이 있었잖은가.

그렇습니다. 나름 가상의 여인이자 원수를 만나러 나선 길입니다그려.

나는 거대한 인텔리전트 빌딩 앞에서 서성거렸다.

"버츄얼 엔터테인먼트라……."

다 와 가지곤 명함을 이리저리 돌려보며 고민 아닌 고민에
들었다.

'아씨, 들어가, 말아?'

88층 빌딩에서 무려 세 개 층 전부를 버츄얼 엔터테인먼트
가 사용하고 있었다.

"하아, 이것참."

배반의 장미… 나와는 가상에서 엮인 최악의 유저라 할 수
있다.

그녀는 가상에서나 현실에서나 거물은 거물이었다.

나와 비슷한 또래인데 기획 총괄 이사 직함을 달고 있기까
지 하다.

그룹 총수 일가로 통하는 이 시대 로열패밀리의 일원일지
도 모른다.

그런 그녀가 가상에서의 악연을 잊고 쿨하게 나를 초대했
다.

기대에 가득 찬 나를 실컷 두들겨 팬 다음, 매 값을 던져 줄
지도 모른다.

"…가겠다고 말은 했으니 무슨 이야기를 하는지 들어는 봐
야겠지."

내가 꺼리는 이유는 이렇다.

그녀는 형제 작업장의 아래층에 자리한 거대 작업장과 거래가 있다. 이미 엘리베이터에서 마주치지 않았던가. 현실의 신분 노출이 필수라는 것이 서성거리게 만들었다.

가방에 팬텀 가면과 의상을 넣어 오긴 했지만 코스튬 복장을 한 나를 이 빌딩이 아무렇지도 않게 받아들여 주진 않을 것 같았다.

'…결국 신분 노출은 필수다.'

지은이를 대리인으로 보내도 결과는 마찬가지리라.

나는 그렇게 빌딩 입구로 향하다 돌아서기를 반복했다.

빌딩 앞으로 대형 밴이 줄지어 진입하는 게 망설이던 나의 눈에 들어왔다. 밴에는 버츄얼 엔터테인먼트의 회사 로고와 게임 캐릭터 그림이 한가득 도배되어 있어 자연스레 시선을 잡아당겼다.

밴은 일단의 무리들을 우르르 쏟아내고는 지하 주차장 입구 방향으로 사라졌다.

어느새 빌딩 앞은 게임 캐릭터의 코스튬 복장을 한 남성과 여성, 그리고 분장 케이스와 의상 백을 든 인물들에게 점령당했다.

멀쩡한 차림인 내가 오히려 이상하게 보일 정도였다.

오옷. 아니, 저들은?!

그랬다. 그중 몇몇은 내 눈에도 익숙한 인물들이었다.

화려하게 코스프레를 했어도 근본적으로 선남선녀는 선남 선녀들임이 분명했다.

무수히 많은 가상 게임의 세계에서 지존의 자리에 등극해 수십만의 팔로우를 거느리고 있는 가상계의 거물들이었다.

참고로 게임계에서의 '팔로우'는 서로가 동등한 개념이 아닌, 추종자의 개념으로 통용되고 있다.

나 역시 게임 초기에 이들을 우상으로 생각했다.

나름 가상계의 선배라면 선배들이라.

작업장엔 하루 종일 게임 방송이 돌아가고 있어 간간이 이들을 통해 정보를 얻을 수 있었다.

E&T 정보도 정보지만 다른 가상 게임의 동향 파악도 중요했다.

게임의 유행은 언제 어떻게 바뀔지 모르기에.

여하튼 3시간 동안 평균 88% 동화율을 유지하던 괴물들이 바로 저들이었다. 나만이 유일무이한 괴물이 아닌 것이다.

그들 가운데에는 내가 초보 시절 동경하던 인물이 수두룩했다.

그런 중에도 눈을 확 잡아끄는 미인이 있었으니, 바로 '눈의 여왕'이 아닌가?!

얼굴 가득 찬바람이 풀풀 풍기는 여성 유저로, 이름도 가물가물한 다른 가상 게임의 지존 중 한 명이었다. 그녀는 가상에서뿐만 아니라 현실에서도 눈의 여왕이었다.

지금 이 거리 어디에서든지 그녀의 얼굴이 실린 광고를 확인할 수 있다.

나는 그녀의 광고 중 커피 광고를 제일 마음에 들어했다.

그녀의 차가운 얼굴이 커피 한 모금에 부드러운 미소로 변하던 그 그림은 해외에서도 팬이 생길 정도였다.

촌닭처럼 멍하게 서 있는 내가 그녀가 잠시 눈이 마주쳤다.

아니, 그녀의 눈은 내 손에 들린 명함에 가 있었다.

은색 명함은 거리가 떨어져 있어도 어느 회사 명함인지 대충 짐작할 수 있을 터였다.

그녀는 힐끔 나를 쳐다보곤 이내 빌딩 안을 향해 큰 걸음으로 사라졌다.

그녀의 차가운 얼굴에 짜증이 배어 있었다.

처음 본 나를 향한 감정만은 아니었다. 그녀의 주변 동료를 향한 눈에는 경멸에 가까운 조소가 실려 있음을 알 수 있었다.

아마 나 역시 그녀가 경멸하는 부류가 될 것이라 짐작하는 게 아닌가 싶었다.

'흐… 이쁘니까 뭐든 용서가 돼!'

이럴 때엔 큰곰이의 마인드가 큰 도움이 된다 할까.

달려가서 등에다 사인받을까?

그때,

"꺄악—!!"

자지러지는 비명이 터지며 일단의 여성들이 적층 장갑 갑옷에 붉은 머리로 염색한 청년을 향해 몰려들었다.

광적인 대시였다.

풍성한 붉은 머리 청년의 콧수염은 가늘게 잘 다듬어져 자리 잡고 있었다.

이름이 뭐였더라… 그래, '카니발 조' 라는 네임드 유저였다.

E&T와 경쟁 중인 가상 게임인 'WOD, 워 오브 드래곤' 의 지존으로, 세계 최초로 드래곤 슬레이어 타이틀을 획득한 능력자!

WOD는 레이드를 중시하는 집단 플레이 위주의 전략 게임에 가깝다.

그는 전직 공군 장교 출신자로, 카리스마 넘치는 목소리로 공격대를 유기적으로 지휘하며 공격대의 지존으로 통했다.

욕도 거침없이 했는데, 오히려 그 점이 캐릭터를 만드는 데 일조한 면이 컸다.

지금처럼 여성 팔로우들이 적극적인지는… 정보 부족이었다.

여하튼 그를 담는 여성들의 눈은 묘한 흥분으로 일렁거리고 있었다.

몰려든 여성 팔로우들을 향해 카니발 조가 귀찮다는 듯이 외쳤다.

"꺼져!! 비치ㅡ!"

우와, 현실에서 저런 마초적인 발언을.

"내가 좋아하는 것은 오직 남자야! 날 흥분시키는 것은 남자라니까!!"

"……!"

카니발 조의 '우주 저 너머성' 일갈에도 여성들의 흥분된 교성은 더욱 커져만 갔다.

"꺅! 꺅꺅!!"

아! 이제야 기억났다.

그는 노골적인 군대 내 동성 연애로 옷을 벗었다고 했다.

그러고 보니 그 주변에 있는 매니저나 코디로 보이는 인물들 전부가 후리 늘씬한 모델 급 체형에 소년티를 갓 벗은 미청년들이었다.

그들을 향한 카니발 조의 눈빛은 사랑스럽다는 듯이 은은하게 흔들리며 자신에게 열광적인 여성들에겐 전혀 눈길을 주지 않고 있었다.

이러한 그에게 열광하는 여성들의 정체는?

포크와 스푼을 보면서도 야릇한 상상을 한다는… 일명 뇌가 썩었다는 '부녀자' 들이었다.

금단의 영역… 보이즈 러브!

아씨, 상상하기도 싫어졌다.

때마침 카니발 조의 눈이 벙찐 얼굴로 서 있는 나를 향했다.

거리가 멀었음에도… 소름이 올라왔다.

'여왕님이 왜 그리 짜증나는지 접수했어.'

곧 빌딩 안에서 보안요원들이 몰려나와 붉은 머리 청년에게서 부녀자 팔로우들을 떼어냈다.

막간의 소란은 그렇게 끝이 나며 다시 빌딩 앞은 썰렁하게 변했다.

만약 내가 버츄얼 엔터테이먼트에 소속된다면 붉은 머리의 끈적한 시선으로 간간이 마사지를 받아야 한다는 결론에 닿을 수 있었다.

이로써 정신적인 부담이 만 배인 곳임이 확실해졌다.

의심의 여지가 없다. 여기서 돌아서야 했다.

하지만 나의 발길은 쉽게 돌아서지 못하고 있었다.

궁금증 때문이다.

과연 현실에서 자신의 가치가 어떻게 매겨질지가 궁금해서였다.

방금 보았잖은가, 한 명의 네임드 유저를 서포트하는 장비와 인물들을.

'동신 팬텀'은 나름 네임드가 된 상태!

현재 모든 게임 방송에서 시간마다 가상 박람회 동영상이 짤막하게 소개되고 있다.

Part 2로 이행하는 순간을 무수한 이들이 실시간으로 지켜보았다.

그렇게 가상계가 시끌벅적한 극적인 사건이었다.

배반의 장미… 동신 팬텀을 위해 그녀는 과연 어떤 제안을 준비하고 있을까?

궁금증이 고양이를 죽인다. 그래… 이 지오를 죽인다.

결국 나는 심호흡을 크게 하고는 빌딩 안으로 발을 들이밀었다.

눈의 여왕에게 단번에 홀렸다고? 아니라니까!!

여왕님 사인만 받고 나온다니까.

…아차차.

우선 보안 검색대에서 방문 목적지를 기입하기 위해 줄을 서야 했다.

나의 일거수일투족을 무수한 감시 카메라가 감시하고 있었다.

로비는 엘리베이터를 타기 위해 순서를 기다리는 가상 스타들과 그 일행으로 분주했다.

그런 와중에 힐끔힐끔 나를 훔쳐보는 이들의 시선이 느껴졌다.

특히나 가상의 스타들일수록 그 정도가 심했다.

선수가 선수를 알아본다는 것이 이런 것이리라.

묘한 흥분감에 오랜만에 소풍 나선 듯한 기분을 느낄 수 있었다.

나는 그런 그들의 탐색을 무시하며 빌딩에 입주한 기업들을 표시한 안내판으로 시선을 돌렸다.

미국의 유명 로펌도 있었고, 일본의 세계적인 가상 단말기 제작사까지도 이 건물에 입주해 있었다.

지하 8층, 지상 88층의 인텔리전트 빌딩의 입주 기업들다운 면면이었다.

그리고 그 가운데 나로서는 절대 잊을 수 없는 회사의 로고가 자리해 있었다.

"음!"

나는 기업들의 이름을 무료하게 확인하던 중 절대 떠올리기 싫은 기업의 이름이 버티고 있음을 확인할 수 있었다.

'…블랙 포리스트.'

몸속에서 피가 전부 빠져나가는 느낌이 이럴까.

목재 관련 회사가 아니다. 세계적인 용역 회사 타이틀을 달고 있지만 한마디로… 용병 송출 회사다.

전쟁이나 분쟁이 있는 곳에 이들이 있다.

그랬다. 내가 속했던 용병 회사가 바로 블랙 포리스트였다.

세계 3대 용병 회사 중 하나로, 임원들 대부분은 미정보부나 국무부 출신자들이 맡고 있다.

바로 이들이 한국 정부에게 떠밀리듯이 넘겨진 청년들을 세계 각지의 분쟁 지역으로 보냈다.

패거리를 짓지 못하도록 국가별로 한두 명씩 소요처에 떨어뜨렸다.

나의 머릿속이 멍해진 가운데 동료들의 목소리가 귓가에 기억으로 맴돌았다.

"헤이 코리아노!"

나를 코리아노라 부르던 무수한 인물들…….

지금 이 순간, 좀처럼 떠오르지 않던 동료들의 얼굴이 너무도 선명하게 떠오르고 있었다.

"어이 멕시카노!"

"여어, 필리피노―!"

"야, 폴리쉬!"

그렇게 다들 이름보단 출신 국가로 서로를 불렀다.

동료들의 얼굴이 떠올려지자 가슴 깊은 곳에 웅크리고 있던 분노라는 감정이 무럭무럭 일어났다.

"손님, 앞으로."

그 순간 순서를 재촉하는 보안요원이 나의 상념을 깼다.

정신을 차리고 보니 나의 앞에 있던 사람들이 보이지 않았다. 안내 데스크에서 3미터 내의 공간이 텅 비어 있었다.

당연히 모두들 나를 이상한 눈으로 바라보고 있었다.

나는 급히 안내 데스크로 걸어갔다.

얼마나 멍청하게 서 있었는지 주변에서 킥킥거리는 웃음이 들렸다.

그럼에도 얼굴이 화끈거리지 않았다, 깨어난 분노 때문에.

머릿속은 지난 생각으로 뒤죽박죽이었고, 마음은 분노로 부글부글 끓어올랐다.

안내 데스크의 안내원이 따분한 어투로 방문 목적을 물었다.

"내방객 명단에 이름을 적어주시고 방문지를 기입해 주세요. 여기, 여기."

나는 홀린 것처럼 글을 적어갔다.

블랙 포리스트 한국 지사.

OF TEN DIVINE NAMES
Act 01
존 도

機甲戰記
Massacre
기갑전기 매서커

　엘리베이터를 기다리는 로비 앞엔 사람들로 북적였지만 나의 귓가에는 웅 하는 이명이 울렸다.

　정장의 사무원들과 코스프레한 네임드 유저들이 이리저리 섞여 있는 모습은 나름 볼만한 그림임에도 더 이상 나의 관심을 끌진 못했다.

　오직 홀로 있는 기분만이 느껴질 뿐이었다.

　엘리베이터에 들어서자 내부에 있는 전면 거울을 통해 자신의 얼굴이 보였다.

　귀신에 홀린 것처럼 핏기 빠진 모습이었다.

　"총각?"

“…….”

“총각, 몇 층에 갑니까?”

“…….”

나는 고개를 돌려 자신을 부른 인물을 눈에 담았다.

적층 갑옷으로 코스프레한 카니발 조였다.

그제야 엘리베이터 내부에 탄 인물들이 눈에 들어왔다.

눈의 여왕도 있었고, 코스프레한 네임드 유저 몇 명도 보였다.

일부러 나를 기다렸음이라.

“총각, 몇 층이냐고? 이 엘리베이터는 고층 전용이야.”

그는 할아버지 같은 대사를 날리며 한쪽 눈을 어설프게 찡그렸다.

한 대 쥐어박을 만한 액션이지만 나는 대답 대신 층 번호에 손을 가져가는 것으로 그의 노골적인 관심을 무시했다.

기분이 상한 듯 그의 콧수염이 씰룩했다.

“흥, 보기보단 과묵한 총각이구먼.”

한데 내가 누른 층 번호에 불이 들어오자 나를 향한 시선들은 약속이라도 한 듯 거두어졌다.

“헙! 80층…….”

“……!”

곧 엘리베이터 안은 숨소리조차 들리지 않았다.

차가운 시선의 느낌이 볼에 닿았다.

눈의 여왕이 나를 사납게 노려보고 있었다.

그녀의 차가운 눈빛엔 많은 이야기가 담겨 있었다. 나는 그제야 퍼뜩 정신이 들었다.

'…이제 와서 뭐 하자는 건지.'

누구에게 뭘 따진단 말인가.

소위 말하는 깽판이라도 치려고?

당시의 모든 절차는 나의 자발적인 선택이란 형식을 취했다.

수많은 비밀 엄수 항목에 자필로 서명했다, 위험수당과 직결되어 있었기에.

그리고 이곳, 한국 지사에 내가 분노를 풀 당사자들이 있을 리 없다.

저 멀리 바다 건너에 그 존재들이 있다.

아니, 그런 존재조차 존재하지 않을 수도 있다.

난민촌에서 나를 면접한 인물이 떠올랐다.

'그래, 한 번은 들러야 했지.'

사건 당사자는 아니지만 빠른 귀국을 조건으로 나에게 수많은 비밀 서약서를 내민 인물이 있었다.

고속 엘리베이터가 상승하며 귀가 막히는 불쾌한 느낌에 얼른 침을 삼켰다.

엘리베이터는 간간이 멈춰 서며 사람들을 내뱉었다.

곧 엘리베이터 안은 코스프레한 인물들로만 채워졌다.

카니발 조가 등을 보인 상태에서 흘러가는 투로 말했다.

"총각, 거, 웬만하면 우리랑 내리지."

"……."

카니발 조는 자신의 전직 때문에라도 블랙 포리스트에 대해 잘 알고 있을 터였다. 그렇기에 나에게 그런 제안을 한 것일 테고.

내가 침묵하자 그는 머쓱한지 동료들에게 투덜거리기 시작했다.

"아뇨, 아무리 E&T에 스타플레이어가 없다고 우릴 전부 E&T에 투입하겠다는 게 말이 되냐고? E&T는 내 취향이 아닌데……."

"나름 드림팀을 꾸려서 그간 밀린 입지를 만회하겠다는 것인데 우리 전부 모여 봤자 동신만 하겠어요."

말을 받아주는 인물은 시니컬한 어투의 청년으로 몸의 윤곽이 뚜렷한 광대차림을 하고 있었다.

이후 두 사람간의 주거니 받거니 식으로 대화가 이어졌다.

"동생도 봤구나? 동신, 쩌는 동화율의 소유자지. 회사에서 이번에 영입하려 한다던데?"

"맞아요, 매니저들 이야기론 여기계신 눈의 여왕 누님 대우를 제안할 것 같다던데… 모르죠. 뒤로 더 챙겨줄 수도 있죠."

"호오—, 이거 내 연봉 랭킹이 흔들리는게 은근히 자존심상하네. 그래도 동신이니까."

"에이, 어울리지 않게 겸손한척 하신다?!"

"그는 은근히 내 타입이얌."

"컥, 하여간 형은……."

두 사람의 이야기는 더 이상 이어지지 못했다.

엘리베이터가 곧 77층, 버츄얼 엔터테이먼트가 있는 층에 멈추자 몇 남지 않은 인원 모두가 내리기 시작했다.

등을 보인 카니발 조가 문을 나서며 작은 한숨과 고개를 절레절레 흔들었다.

반면, 눈의 여왕만이 뒤돌아서면서까지 나를 눈에 담았다, 나를 꼭 기억하겠다는 듯.

뭔가 복잡한 듯한 사정과 이유가 그녀의 눈빛에 가득했다.

그녀에겐 그녀 나름의 사정이 있으리라.

엘리베이터 문은 곧 닫혔고, 나만 홀로 남았다.

이어 블랙 포리스트가 위치한 80층에서 엘리베이터는 멈추어 섰다.

문이 서서히 열리면서 심장이 두근거리기 시작했다.

묘한 흥분이 손끝을 타고 올라왔다.

결국 한 번은 거쳐 가야 할 일!

환하고 근사한 안내 데스크에 미모의 여성이 상냥한 얼굴로 나를 맞이했다.

"블랙 포리스트 한국 지사입니다. 미팅 약속이 되어 있으신지요?"

"…아뇨."

안내 데스크 여성의 인상이 약간 굳어지며 데스크 아래로 손이 자연스럽게 내려가는 게 보였다.

내 인상이 그리 썩 좋아 보이지 않았나 보다.

금세 복도 양 끝에 위치한 문이 반쯤 열리며 방검복을 착용한 남성들이 나타났다. 저마다 손엔 전기봉이 들려 있었고, 장난감 같은 기관단총을 덤으로 무장하고 있었다.

고무탄과 실탄을 동시에 사용하는 시위 진압용 총기였다.

지금 같은 상황에서는 고무탄을 발사하겠지만 잘못 맞으면 실명은 기본이다.

그렇게 내가 조금이라도 이상한 조짐을 보이면 달려올 기세였다.

용병 회사다운 준비이리라.

"그럼 따로 찾으시는 분이 계신지요?"

"그게……."

나는 난민촌에서 자신을 면접한 블랙 포리스트 직원의 이름을 떠올리려고 노력했다. 어수룩한 교포틱한 어투를 사용하는 한국인이라 모습은 기억이 나는데 갑자기 이름이 생각나지 않았다.

한국에 도착하자마자 그가 준 명함을 똥 종이 취급하며 버린 것에 후회가 밀려왔다.

아무튼 그런 척박한 장소에 캐시미어 양복을 입고 올 정도에다가 비밀 엄수 조항에 사인하자마자 특별기로 한국에 도착시켰으니 보통 직급 이상이리라.

안내 데스크 여성의 표정이 어설픈 웃음으로 변하며 옷깃에 붙은 마이크를 입가로 천천히 당겼다.

"안내 데스크, 신원 미상자가……."

바로 그 순간, 그의 이름이 팟! 하고 떠올랐다.

"잠깐!"

"예, 예?"

나의 박력에 안내 데스크 아가씨가 크게 뒤로 물러났다.

"…존 도."

나는 인테리어에 꽤 돈을 들였을 것 같은 넓은 사무실로 안내되었다.

빌딩 숲 사이를 지나 한강이 내려다보이는 전망조차 훌륭했다.

블랙 포리스트 한국 지사장의 사무실답다고나 할까.

눈앞에는 사람 좋은 웃음이 흘러넘치는 작은 키에 다부진 체구의 중년인이 두 팔을 활짝 벌려 나를 맞이했다.

"여어, 미스터 윤. 워리어 오브 워리어!"

"……."

그의 뒤편으로 가족사진과 그가 미군에서 복무했을 때의 사진이 과시라도 하듯이 전시되어 있었다.

사진을 통해 그가 핵잠수함의 장교로 복무했음을 알 수 있었다.

미국에서 핵잠수함의 승조원이 된다 함은 CIA에 들어가는 것보다 어려운 일이라 했다.

최근 사진으로 보이는 그림엔 골프장에서 유명 정치인들과 어깨동무를 하고 있는 사진이 부적처럼 벽면을 메우고 있었다.

여하튼 그의 한국 성이 '도' 씨였다.

정확하게는 '도대성' 이 그의 한국식 이름이었다.

도 씨이기에 미국식 이름을 붙여 '존 도' 가 되는 셈이었다.

미국에서 '존 도' 라 하면 신원불명의 인물을 뜻한다.

누구나 쉽게 기억할 수 있기에 그는 이름 덕을 톡톡히 보았으리라.

그의 교포스러운 한국어는 오랜 한국 생활로 인해 한층 발전해선지 듣기 거북할 정도를 벗어난 상태였다.

첫 만남에선 스파이 냄새가 진동했는데 지금은 한국의 평범한 회사 중역의 모습에 가까워져 있었다.

그와 마주 앉자 여비서가 커피를 내왔다.

여비서가 나가는 순간까지 나를 힐끔거리자 존 도의 눈이 굳어졌다.

묘한 경계심이 담겨 있었다.

커피향이 퍼지자 나의 흥분된 마음이 약간은 가라앉혀졌다.

그는 내가 커피를 한 모금 마시는 걸 확인하고는 친근하게 물어왔다.

"왜 이제 왔어요?"

"예?"

하긴, 당시 그는 자신의 명함을 쥐어주며 꼭 사무실로 방문하라며 여러 차례 당부했다.

하나 나는 집에 도착하자마자 모든 것을 지우기에 열중했다.

그의 당부는 잊혀졌고, 명함은 태워 버렸다.

그의 이름이 특이하지 않았다면 지금처럼 마주할 일도 없었으리라.

그렇게 나는 이 년간의 시간으로부터 철저히 달아나려 했다.

그러고 보니 내가 여긴 왜 왔지?

나의 어정쩡함에 그가 쓰게 웃었다.

"미스터 윤, 당신이 앞으로 정리할 서류가 얼마나 많은지 아십니까?"

"예? 비밀 유지 서약이 또 필요합니까?"

당시 그는 한국으로의 즉각적인 입국을 조건으로 무수한 서류에 사인을 강요했다.

"오, 노—"

"그러면?"

"그간 미스터 윤이 보여준 협조에 저희는 크게 감사하고 있습니다."

그럴 것이다. 희귀토 광산에서 벌어진 위성 포격과 국지전에 관해서는 인터넷 루머조차 흘러나오지 않았으니까.

생존자는 적었고, 그 생존자들을 이들은 확실히 관리하고 있을 터이다.

"미스터 윤, 당신도 아시다시피 당신은 12급 보안요원으로서 저희와 고용 계약을 체결하였습니다."

"그랬죠."

"그곳에서 여러 가지 사건을 겪으며 미스터 윤의 사원 등급은… 6급 사무관 대리까지 보안 등급이 상향 조정된 상태였습니다. 간단하게 말해 미지급된 급여와 보너스의 정산이 남은 상태입니다."

"……"

어, 그랬나.

참고로 당시 광산 소장의 블랙 포리스트 사원 등급은 5급 사무관이었다.

블랙 포리스트의 조직은 공무원 조직과 유사했다.

이는 당연한 일이기도 했다. 대부분이 군 출신 또는 국무부 출신의 행정 관료들이 요직을 맡고 있었으니.

눈앞의 도 지사장의 경우는 3급 이사관이었다.

그는 금고에서 두툼한 두께의 파일을 꺼내 나에게 내밀었다.

파일 명엔 나의 이름과 갱신을 거듭한 사원 등급이 지저분하게 기입되어 있었다.

파일 하단엔 3급 보안 등급자 열람 가능이라는 도장이 찍혀 있었다.

"분쟁 발생 시의 중요 기록은 데이터로 남기지 않는 게 규칙인지라 보시다시피 20세기 같은 클래식한 사무 처리 결과물이 되었군요."

세상의 어느 누가 전범으로 고발될 증거를 컴퓨터상에 남기겠는가.

나는 자연스럽게 파일에 손이 갔다.

이것은……?

"……!"

나의 전투 수당에 관한 서류였다.

광산 보안 담당자, 즉 나의 상관이라 할 수 있는 밥맛없는 인물이 내 전투 성과에 대해 기록한 것이었다.

그 기록에 근거한 전투 수당이 다음 장까지 이어져 붙어 있었다.

기록은 마지막으로 그가 죽은 날까지 이어지고 있었다.

존 도가 자리에서 일어나며 말했다.

"수당 지급은 당사자의 확인을 거치는 것이 규칙입니다. 지금부터 확인 부탁드립니다. 이의가 있을 시 기록 당사자에게 이의를 통해 정정할 수 있습니다. 당사자가 없으니… 소송을 통해… 증인이 없으니 그것도 참… 허허."

하지만 내가 정정을 요구할 건덕지는 없었다.

같은 용병으로서 목숨 값이기에 그 기록은 과할 정도로 철두철미했다.

나는 파일의 중간 부위를 들추었다.

00년 00월 00일.

코리아노 윤. 9급 보안요원.

12급 보안 등급이 어느새 9급이 되어 있었다.

때마침 전투가 격렬할 때였다.

전투 기록.

기지로 접근하는 적 척후대를 매복 기습으로 격퇴함.

무인 공격기 3기 격추. 레코드 확인.

적 슈팅 아머 3기 완파. 레코드 확인.

5기 반파 퇴각. 레코드 확인.

반파 기체 2기 노획.

슈팅 아머 충전지 13개 노획.

탄약, 견착 미사일 등 소모 노획품 다수.

배틀 레코드 확인 후, 레코드 삭제 완료.

보안 등급 상향 조정을 요함.

마치 게임 결과를 보는 것 같았다. 이어,

비고:노획 기체와 노획품에 대한 권리는 코리아노 윤에게 있음.

기지의 전력 대부분을 적 노획품에 의존하고 있는 상황에서 귀중한 보급 자원 역할을 하고 있음.

그의 적극적인 전투 참여가 기지가 버틸 수 있는 원천이 되고 있는 상황이기에 코리아노 윤에게 노획품에 상응하는 대가를 본사에서 필히 지급할 것을 품의합니다.

한 페이지 전체에 걸쳐 ACCEPT라는 도장이 대각선으로 찍혀 있었다.

사인을 남기지 않는 기지 소장의 도장이었다.

이어 내 슈팅 아머를 수리하면서 든 비용 항목이 자동차 수리 견적서처럼 붙어 있는 서류도 간간이 끼어 있었다.

익숙한 독일인 정비 주임의 사인이 눈에 띄었다.

내가 번 만큼 차감된 비용이었다.

수당의 총액은 +에서 —를 널뛰기 하듯이 오갔다.

나는 다시 파일을 아무렇게나 넘겼다.

서류 한 장, 한 장마다 잊었던, 아니, 잊으려 했던 얼굴들이 살아났다.

기지 사수를 끝까지 고집해 무수히 많은 사상자를 만든 소장, 적과 내통했던 보안 과장, 과묵한 독일인 정비 주임, 이름 없이 죽어간 각국에서 온 빈민 출신의 동료들…….

그들과의 추억이 성의없는 짧은 보고서에서 하나하나 되살아났다.

"헤이, 코리아노. 우리의 호프! 순록 육포 어때?"

"코리아노, 개조한 화력 통제 장치야. 물론 이건 서비스지."

"코리아노, 우리… 살아 돌아갈 수 있을까? 살아 돌아가고 싶어……."

서류 한 장, 한 장에서 그들의 목소리가 살아났고, 그들의 긴장된 땀내가 콧속을 맴돌았다.

그런 그들을 이제 더 이상 볼 수가 없다.

과거를 지우면서 그들까지 잊으려 했다니…….

눈앞이 뿌옇게 변했다.

나는 파일을 덮었다.

파일 위로 뚝뚝 물방울이 떨어졌다.

존 도가 옅은 화장품 냄새가 배인 손수건을 건넸다.

동료들 한 명, 한 명이 살아나 내 마음 깊숙이 자리 잡은 분노를 밀어냈다.

Don't Look Back In Anger!

Act 02
데드 캠프

機甲戰記
Massacre
기갑전기 매서커

존 도가 차를 내려놓으며 입을 열었다.

"기지가 그렇게까지 버틸 거라고는 본사에서조차도 상상 못했습니다. 음, 당시 제가 본사에 있었기에 그 사정을 이야기 드릴 수 있겠네요."

"……"

나는 듣고 싶었다, 어떻게 자신들을 그렇게 내팽개칠 수 있었는지.

"증원을 하자니 위성 포격이 문제였죠. 위성 포격은 국가 단위의 개입을 의미하니까요. 때문에 과연 어떤 나라의 포격 위성이 이 공격을 감행했는지를 파악하는 게 먼저였죠."

포격 위성은 중석(텅스텐) 막대를 목표 지점에 떨구어 핵폭
발에 버금가는 효과를 내는 이 시대 최고의 전략 병기다.

위성 포격 시스템을 공식적으로 갖춘 나라는 단 네 나라뿐.

미국, 러시아, 이스라엘, 중국.

세 개로 분열된 중국조차 위성 포격 시스템만큼은 서로가
공유하고 있었다.

그리고 시스템의 보유를 부인도, 시인도 하지 않는 나라도
있다.

일본, 브라질, 인도…….

"다들 제일 먼저 러시아를 의심했죠, 아무래도 자신들의
영향력하에 있는 지역이다 보니. 한데 그도 아니더군요. 나름
믿을 만한 정보를 통해 러시아는 제외되었습니다."

그럴 것이다. 러시아의 우주 산업은 이미 미국 스파이들이
장악한 상태니까.

"그다음이 중국인데, 이게 좀 알쏭달쏭해요. 사용했으면
제일 먼저 알 수 있는 나라가 중국이니까요. 세 개의 중국이
하나의 시스템을 공유하고 있으니 사용에 대한 합의가 그리
만만치 않죠."

"……."

존 도는 이야기를 하는 중간 중간 나의 반응을 살폈다.

내가 생존자로서 뭔가를 알고 있지는 않은가 해서이리라.

참고로 당시 기지에 떨구어진 위성포격은 소규모 전술포

격이었다.

소규모 중석 탄자 다수가 떨구어졌고, 기상 관측엔 기지 주변이 짙은 구름과 안개로 뒤덮여 있었다. 그럼에도 기지에 정확하게 탄자가 떨어졌다.

즉, 현지에서 누군가의 유도가 있었음을 뜻한다.

사실이다.

기지 내의 그 누군가가 위성 포격을 유도했다.

그리고 그 누군가를 나는 알고 있었다.

하나 이는 죽어도 지켜야만 하는 비밀이다.

슈팅 아머의 일개 땅개 용병이 우주적인 무기에 관해 알 리가 없다고 판단했는지 존 도는 나의 반응을 그다지 깊이 살피지 않았다.

다음 말을 기다리는 듯한 반응에 그는 말을 이었다.

"아무튼⋯ 지금까지도 누가 위성 포격을 했는지는 밝혀내지 못했어요."

그럴 것이다. 아니, 그래야만 한다.

당사자들이 모두 죽은 마당이니 영원히 미궁에서 헤매야 할 것이다.

하기야, 내가 아는 정보를 이야기해 봤자 누가 믿을 것인가.

존 도의 이야기가 길게 이어졌지만 결론은 간단했다.

블랙 포리스트는 최선을 다했지만 배후가 누구인지 알 수 없는 상황에서 증원은 물론, 구출 작전도 펼칠 수 없었다는 것이었다.

광산 기지 소장에게서 들은 이야기의 재탕 수준이었다.

"…미스터 윤의 보고가 꾸준히 올라오더군요. 같은 한국인으로서 저 역시 관심을 기울이며 지켜봤어요. 미스터 윤이 버티는 동안 광산의 주인은 바뀌지 않았습니다. 무엇보다 이게 중요했죠."

"……?"

"블랙 포리스트는 광산의 경비를 위탁한 광물업체에 막대한 경비 비용을 청구했습니다."

"……."

씁쓸했다.

비용 청구와 이의 관철. 본사에서 맡은 그의 역할이었으리라.

전투 발생 시의 하루 경비 비용은 하루 일천만 달러로, 한 달이면 3억 달러를 청구한다고 언뜻 들었다.

우리가 생존을 위해 치열하게 버텨내는 동안에도 회사는 비용을 꼬박꼬박 청구했음이다.

나는, 우리는 회사를 위해 싸우지 않았다. 단지 생존을 위해 싸웠을 뿐이건만…….

씁쓸했다.

누군가의 생존을 위한 몸부림이 어떤 이에겐 매출로 이어졌음에.

소장이 입버릇처럼 하던 말이 떠올랐다.

'인간의 생명에는 가격이 있다. 그리고 그 가격조차 제대로 매겨지지 않은 인간은 더욱 많다.'

구토가 치밀었지만 어쩔 것인가.

전쟁을 상품으로 만든 회사이니. 전쟁이 산업이 된 세계이니…….

존 도의 목소리가 순간 은근해졌다.

"회사에서 미스터 윤과 생존자 여러분에게 각별한 대우를 보너스로 준비한 이유이기도 합니다. 평생토록 말입니다."

갑자기 존 도의 은근한 말투가 듣기 싫어졌다.

결국 평생토록 감시하겠다는 말 아닌가.

"자, 그럼 이제 슬슬 서류를 정리할까요?"

보너스의 대가는 당신은 그곳에 간 적도, 본 적도 없으며 죽은 동료들을 만난 적조차 없음을 서약해야 함이리라.

나로선 난민촌을 떠나면서 이미 한 번 했었다.

당시 가족들의 근황과 최근 사진이 담긴 그 서약서를 감히 거부할 수는 없었다.

그리고 그간 조용히 지냈음을 확인했으니 다시금 입막음의 갱신이 필요한 것이고.

지난번엔 한국으로의 즉시 귀국이 조건이었다면, 이번엔

미지급 급여와 전투 수당으로 바뀐 것이었다.

마다할 이유가 없다.

나 역시 떠벌려서 주목받을 이유가 없으니. 누가 있어 용병들의 억울함에 귀를 기울일까.

나는 쿨하게 말했다.

"서약서 갱신이 필요한 것 같은데… 지금 같이하죠."

"허허, 그럼 부탁드리겠습니다."

나는 그가 내민 여러 가지 서류에 사인을 했다.

…찾아오길 잘했다.

역시 이들은 나를 감시하고 있었다.

서약서엔 내가 새로이 옮긴 주소지가 정확하게 기입되어 있었다.

사인을 하며 존 도에게 물었다.

"지금 그 기지는 누가 소유하고 있죠?"

"아, 예. 독일 자본과 일본 자본의 합작사가 새로운 주인으로 차지한 상태입니다. 과거의 자동차 자본들이죠. 덕분에 경비는 우리 블랙 포리스트가 맡았습니다."

"그렇군요."

"수익성이 좋은 광산입니다. 전기 자동차 산업도 호황이고, 화성으로의 진출도 본격적으로 이루어지고 있으니까요."

"그렇군요."

"경비 용역 기간을 10년간 맡은 상태입니다."

"그런가요?"

기나긴 전투의 결과는 결국 당사자 그 누구도 차지하지 못한 셈이었다.

오직 블랙 포리스트만이 승자였다.

'맡은바 임무는 반드시 완수합니다' 라고 당당히 광고할 수 있는 회사임을 내가 증명해 준 꼴이었다.

"미지급 수당은 일주일 후에 입금될 것입니다. 휘유~ 제 연봉의 20년치로군요. 물론 당신은 충분한 자격이 있습니다."

"그런가요?"

"제가 직접 찾아가고 싶었지만 실례일 것 같아서 참았습니다. 이렇게 찾아오셔서 다행입니다. 제 권한으로 미루고 있었지만, 내일이 수당 청구 기한의 마지막 기일이기도 하거든요."

"그렇군요."

무색무취한 나의 대답에 그는 당연한 반응이라는 듯이 쓰게 웃었다.

나 역시 스스로의 무덤덤함에 놀랐다.

이사관 20년치의 연봉에 해당하는 거액을 하루 차이로 날릴 뻔했다지 않은가.

하나 두터운 서류철에 닿은 손을 통해 추억의 얼굴들이 하나둘 선명하게 떠오르는 이 시간이 나에겐 더욱 소중했다, 거짓말처럼.

나는 다시금 파일철을 쓰다듬었다.

그 안엔 나의 동료들… 그들의 발자취가 숫자가 되어, 금액이 되어 차곡차곡 쌓여 있었다.

나의 그런 반응을 바라보며 존 도는 별로 놀랍지 않다는 자세로 일관했다.

아니, 오히려 꽤 즐기는 듯했다.

마치 선망하는 메이저리그 선수를 바라보듯.

사인을 마친 서류를 모으며 존 도가 말했다.

"당신은 이 업계의 전설입니다."

삣 삣—

무성의한 소음이 실내에 울렸다.

책상 위의 인터폰에서 무색의 음성이 흘러나왔다.

[지사장님, 훈련 참관 시간입니다.]

문득 내가 그의 소중한 시간을 빼앗고 있었음을 깨달았다.

"그만 가보겠습니다."

존 도는 나의 말에 깜짝 놀라는 표정을 지었다. 그리고는 이어 살짝 미안한 미소를 지으며 진짜 본론을 말했다.

"미스터 윤, 사실 오늘의 일은 이게 다가 아닙니다. 본사 차원에서 제안이 있습니다."

"무슨?"

머릿속에서 경고음이 울리기 시작했다.

분명 블랙 포리스트가 궁지에 몰린 분쟁지가 있을 것이다.

그가 전설이라고 추켜세울 때 이미 유혹의 냄새를 맡은 상태였다.

"회사에선 미스터 윤을 여전히 훌륭한 자원으로 여기고 있습니다. 그러니까……."

이어진 이야기는 나를 미치게 만들기에 충분했다.

존 도는, 아니, 블랙 포리스트는 다시 나를 더러운 시궁창에 끌어들이려 하고 있었다.

이들은 나의 성향에 대해 확실히 파악하고 있었다, 궁금증을 풀지 못하면 잠을 이루지 못하는 나의 성격에서부터 옅은 블랙커피를 즐기는 취향까지 전부 다.

제안을 듣는 내내 자세한 내막을 알고 싶다는 수많은 갈등이 마음속에서 충돌을 일으키기에 충분했다.

여하튼 뭔가를 얻고자 하는 대상이 있다면 그의 편이 되어주어야 한다, 처음엔…….

그렇게 상대를 움직일 만한 카드를 차곡차곡 모은다.

한데 움직일 만한 카드가 없다면? 카드를 다 썼다면?

그 대상에 대해 솔직하게 말해야 한다, 모든 것을.

그렇게 그를 공범으로 만들어야 한다.

그 점에 확실히 충실한 존 도였다, 아니, 블랙 포리스트였다.

몇 단계의 보안 단계를 거치긴 했지만 존 도와 동행한 나에게는 무의미한 일이었다.

모든 출입문엔 일명 고무총이라 불리는 폭도 진압용 기관단총으로 무장한 보안요원들이 3인 1조로 배치되어 있었다.

아무리 보안 설비가 최첨단을 걸어도 사람을 능가할 순 없음이다.

그들은 낯선 나에게 일일이 몸수색을 요구해 왔지만 존 도가 손을 들어 무마시켰다.

몇몇에겐 나를 'VIP!' 라 지칭하며 정중하게 대할 것을 요구하기도 했다.

존 도와 나는 곧 체력 단련실로 보이는 공간을 지나쳤다.

유리 너머로는 몸만들기에 열중인 나보다 조금 어려 보이는 청년들이 보였다.

다음 공간에선 격투기 대련이 한창 진행되고 있었고, 대련은 그 정도가 지나치다 싶을 정도로 격렬했다.

이어진 방에선 고무총을 이용한 사격 훈련이 실시되고 있었다.

총기의 반동이 예사롭지 않았다.

절대 고무 총알이 만들어내는 반동이 아니었다.

실탄에 준하는 화약이 들어 있는 연습용 총알을 사용하고 있음이라.

나의 반응을 살피며 존 도가 슬그머니 말했다.

"미스터 윤의 기록을 참고해 과정을 만들었습니다."

그랬다. 이들이 보여주는 그림은 광산 기지에서 무료하게
지내던 시절에 동료들과 내가 누릴 수 있던 즐길거리였다.

기지 내 광부들과 함께 사용하던 체력 단련실, 은퇴한 러시
아 조교에게 배운 삼보, 동료들과 음료수 내기를 겨루던 정비
창을 개조한 실내 사격장.

나는 쥐어짜 내듯이 말을 뱉었다.

"…데드 캠프군요."

존 도는 어깨를 으쓱하는 것으로 순순히 사실을 인정했다.

데드 캠프. 용병들을 훈련시키는 장소를 일컫는 은어.

서울 한복판에 밀리터리 트레이닝 센터가 운영되고 있는
것이었다.

나의 머릿속으로 현기증이 이는 가운데 어느새 두 사람은
보안이 철저한 섹터에 들어섰다. 무엇보다 검은색의 문이 인
상적이었다.

존 도는 이 문을 가슴을 활짝 펴며 자랑스럽다는 듯이 열었
다.

"이곳이! 블랙 포리스트, 한국 지사의 자랑입니다!"

그동안 거쳐 온 장소의 그림들이 전부 이곳을 보여주기 위
한 과정이었다.

두 개 층을 통합해 만든 원형극장과 유사한 장소가 눈에 들
어왔다.

규모가 작지도, 그렇다고 크지도 않았다.

계단을 따라 좌우로 커다란 관이 연상되는 박스들이 줄을
지어 놓여 있었다.

왼편엔 붉은색으로, 오른편에 청색으로 도색된 박스마다
각각 백색으로 고유 번호가 매겨져 있었다. 박스는 전후좌우
로 흔들렸고, 간간이 녹색, 청색, 붉은색의 빛이 새어 나왔다.

기기 바깥의 몇몇이 존 도를 발견하고는 목례를 보냈다.

연구원처럼 보이는 인물들과 회색 밀리터리 룩 차림의 인
물들이었다.

그들의 시선은 곧 나에게 쏠렸다.

하지만 나는 자신을 바라보는 그들보다는 그들이 관리하고
있는 기기에 눈이 갔다. 그것은 너무나도 익숙한 장치였다.

시뮬레이터!

바로 슈팅 아머 시뮬레이터였다.

광산 기지에선 조종석이 떼어진 예비 부품을 개조해 오락
기기처럼 사용했다. 그 수가 총 세 기였다.

한데 이 원형 극장엔 무려 200여 개의 시뮬레이터가 설치
되어 지금 한창 훈련이 진행되고 있었다.

얼마나 많은 한국의 청년들이 데드 캠프에서 훈련받고 있
는지 가늠이 되지 않았다.

"일주일 전에 전부 설치를 완료했습니다. 지금은 교관과
조교들이 시운전을 하는 중입니다."

"우리나라에 이런 대단위 전투 교육 설비가 들어와 있을 수 있다니… 대단하군요."

존 도는 자신의 업적인 양 자랑스러운 어투로 나의 의문을 풀어주었다.

"미국의 다음가는 규모로, 시설 자금을 청년 실업 방지 기금에서 지원받을 수 있었습니다. 그와 같이 블랙 포리스트는 한국 정부의 적극적인 도움을 받고 있습니다."

"……."

골이 띵했다.

"하긴 미국과 한국은 끊으래야 끊을 수 없는 동맹국이죠."

언제나 미국이 판을 벌이면 그 판에 한국은 반드시 참여했다, 부스러기라도 건지겠다는 계산으로.

기본적으로 다섯 대의 슈팅 아머가 하나의 소대를 이룬다.

다시 말해 이 정도 설비라면 연대 급 훈련이 가능한 규모이리라.

극장의 중심부엔 가상의 전장이 홀로그램화되어 참관자들에게 훈련 진행 과정을 실시간으로 보여주었다. 마치 공개 게임 방송과 다를 바 없었다.

존 도가 시뮬레이터들을 가리키며 말했다.

"선발된 요원들은 최소 100시간의 교육을 이수하도록 되어 있습니다. 놀랍죠?"

“……!”

나는 순간 비명을 지를 뻔했다.

100시간이면 충분하지도, 모자라지도 않는 어중간한 시간이다.

문제는 훈련 시간이 아니었다.

요원 한 사람당 하루 3시간의 훈련이 주어진다면 30일에 200여 명의 슈팅 아머 요원이 배출된다는 계산이 나왔다. 이는 경악에 가까운 숫자였다.

20대 초반… 가장 감각이 좋은 나이가 이 나이 대다.

그 말인즉, 한 달에 200여 명이라는 한국의 청년이 세계 각지로 뿌려진다는 말이잖은가. 그리고 그만한 수요처가 있다는 뜻이고.

나의 경험이 말해주고 있었다, 전부 전쟁터로 보내지진 않겠지만 어떤 식으로든 망가져 돌아올 확률이 높다고.

“블랙 포리스트 지사 중 이런 최첨단 교육 설비를 갖춘 지사는 한국이 유일합니다.”

“그런가요?”

나는 끓어오르는 분노를 억누르며 아무렇지도 않은 듯 냉정을 유지했다.

존 도는 나의 그런 반응에 몸이 달았는지 빠르게 말을 이었다.

“무엇보다도 본사의 한국에 대한 투자는 미스터 윤이 있었기에 가능했습니다."

"예?"

나는 놀라 무심결에 물었다. 이 최첨단 데드 캠프 설치랑 자신이 무슨 상관이 있단 말인가.

"블랙 포리스트는 한국의 요원들이 다른 나라의 요원들보다 유능함을 일찍부터 파악하고 있었습니다."

"……."

당연하지 않은가. 공포에 물든 광적인 교육열에 첨단 기기에 대한 경쟁적인 호기심.

"하지만 요원 교육에 있어선 지원이 미미했죠."

"…미군이 적당히 만져 주잖아요."

나의 말에 존 도는 피식 웃었다.

"허허, 그것만 가지곤 현장에선 버틸 수 없죠. 분쟁지에서 한국 출신 요원들이 보여준 성과도 놀라운 것이었지만, 생존율 또한 높아요. 그런 유능한 요원들을 교육시키는 것에 본사는 그동안 말도 되지 않게 인색했습니다."

"……."

소모품이니까.

그는 나를 가리켰다.

그의 눈엔 확실히 '어드마이어'라는 감정이 가득했다.

"미스터 윤이 본사 임원들의 그런 마음을 바꾸었습니다. 광산 기지에서의 놀라운 활약으로 인해 한국 요원들에 대한 교육에 적극 투자하기로 결정이 이루어졌습니다."

"……!"

나를 가리킨 존 도의 손은 곧 장내 전체를 가리켰다.

"그 결과가 바로 이곳입니다. 현장에 투입되기 전, 그곳 상황을 미리 체험한다는 것은 곧 한국 요원들의 생존율을 높이는 방향으로 이어지는 것입니다. 같은 동포로서 정말 다행스러운 일이 아닐 수 없습니다."

"…허."

어이가 없었다.

블랙 포리스트는 분쟁으로 먹고사는 놈들이다. 분쟁이나 전쟁없이는 유지, 존속이 되지 않는 기업이다.

그런 기업이 한국에 투자를 했다.

이 정도 대규모 투자가 이루어졌으면 또한 그만큼 많은 한국인들을 모아야 한다.

본전을 뽑기 위해 예전보다 더 많은 한국인들이 세계 각지의 분쟁 지역으로 보내질 것이다.

그리고 이 모든 것이… 내 덕이란다.

아찔한 현기증이 뇌 속을 후볐다.

내가 살아 돌아온 덕에 더 많은 한국의 청년들이 전쟁터로 보내지게 되다니.

존 도가 나를 바라보는 시선을 이제야 이해할 수 있었다.

많은 요원을 교육해서 송출할수록 그의 지위와 부는 견고

해지기에.

그는 자랑스럽게 덧붙였다.

"자원자들 중 좋지 않은 선입견을 가진 친구들도 이곳 설비를 보고 난 다음엔 생각을 고쳐먹더군요. 이게 모두 다 미스터 윤 덕분입니다. 미스터 윤은 후배들에게 큰 모범을 보여주신 것입니다."

"……."

뭐라 할 말을 잃었다… 대신 주먹으로 대답했다.

퍽!

"크헉!!"

불의의 일격에 존 도는 뒤로 두세 걸음 주춤 물러나서 벌렁 대자로 쓰러졌다.

순식간에 벌어진 일임에도 보안요원들이 기관단총을 겨누며 우르르 쏟아져 들어왔다.

도트 사이트의 붉은 광선이 얼굴에 집중되었다.

이럴 경우 나의 선택은 늘, 언제나, 여러모로 현명하다.

…항복!!

機甲戰記
Massacre
기갑전기 매서커

장내의 공기는 멈춘 상태였다.

수많은 적대적인 시선이 나에게 모아졌다, 그런 눈빛만으로도 온몸에 구멍이 숭숭 뚫리지 않을까 싶을 정도로.

당연히 나로 인해 훈련은 중지되었고, 훈련생들과 교관으로 보이는 인물들도 시뮬레이터에 나와 의아한 눈으로 사태의 흐름을 지켜보고 있었다.

블랙 포리스트 한국 지사장이 웬 괴한에게 얻어맞아 나가떨어진 그림을 어떻게 받아들여야 할지 혼란스러운 듯했다, 그것도 보안이 제일 철저한 장소에서.

나는 동원 훈련 3년차 같은 태도로 이들의 시선을 자연스레 받아들였다.

등 뒤로 손을 묶어 나를 단단히 결박한 보안요원이 끌고 나가려고 움직였다.

그때 흐르는 코피를 틀어막은 존 도가 손을 들어 상황을 중지시키며 다가왔다.

"…이해합니다. 미스터 윤이 어떤 일을 거쳤는지 알기에 다 이해합니다. 누가 뭐래도 동포니까요."

"……"

이 아저씨, 굉장한 맷집의 소유자다.

100킬로가 넘는 거구를 넉다운시켰던 주먹이었다.

여하튼 그가 형사고발을 해도 당당하게 맞설 것이다. 뭐, 지금 심정이 그렇다.

이따위 밀리터리 트레이닝캠프가 한국에 있다는 것을 분명 언론에서는 관심을 가져줄 것이다, 돈 냄새가 진동하잖은가.

존 도가 눈빛으로 보안요원들에게 지시하자 등 뒤로 조여오던 결박이 마술처럼 한순간에 풀렸다.

하나 그의 목소리는 딱딱하게 변한 뒤였다.

"미스터 윤, 저도 이곳의 책임자로서 나름의 체면이라는 게 있습니다. 이렇게 직원들 앞에서 코피를 터뜨렸으니… 그에 상응하는 대가를 치르셨으면 합니다."

"대가라… 얼마든지."

그가 제안하는 교관 직을 받아들이라는 것인가?

그런 거냐는 눈빛에 그는 고개를 저었다.

"여기 후배들에게 한 수 가르쳐 주십시오. 블랙 포리스트 한국 지사장의 면상에 펀치를 날려도 하등 이상할 게 없고, 무사히 걸어나갈 만큼의 능력자임을 말입니다."

"음?"

그의 의도가 선뜻 파악되지 못해 바로 답을 줄 수 없었다.

한데 가상에서 배인 오만함이 앞서 대답했다.

"매 값치곤 비싼데…. 뭐, 그렇게 원하신다면."

존 도가 활짝 웃었다. 기대가 충만한 얼굴이 이럴까.

이 아저씨, 분명 변태야.

*   *   *

OO번호가 매겨진 기기에 탑승했다.

기기 내부는 E&T 강철거인의 조종석 그대로였다.

누가 누구를 복제했는지는 알 바 아니다. 서로가 나름 클래식하다고나 할까.

덤으로 화기 통제 장치가 붙어 있었지만, 이는 무시할 장식에 불과했다.

통신을 통해 존 도의 음성이 들려왔다.

[미스터 윤, 현장에서 꽤 오래 벗어나 있었는데… 적응할 시간을 드릴까요?]

"바로 시작하죠. 시간은 금이라고… 친구."

뒷말은 카츄샤 시절 양키 교관이 입버릇처럼 하던 말이었다.

[호오, 좋습니다.]

적응이고 자시고 할 게 뭐 있나?

하루 24시간 중 3~4시간을 강철거인을 운영하며 보냈잖은가.

[그럼 바로 시작하죠, 상대는 한 개 유닛이지만 전부 베테랑 교관들입니다.]

"부족하지 않을까 싶은데……."

그런 나의 모습이 그 누군가에겐 오만하게 전해졌음인가.

통신을 통해 누군가의 선 굵은 목소리가 터져 나왔다.

[아우, 재수없어!]

그를 시작으로 교관으로 추정되는 이들의 나를 향한 야유가 터져 나왔다.

[허, 가관이군. 파병 출신자를 감히 뭘로 보고.]

[얼마나 버티는지 보지.]

근래 아프리카 신생국에 평화 유지군 파병이 있었다. 이들은 그곳에서 전쟁을 경험했음이라.

하지만 나는 이들에게 뭔가를 추측할 수 있는 여지를 주지 않았다.

대신,

"5분, 5분만 버텨보라고."

이들에게 분명 도발로 들릴 테지만 절대 도발은 아니었다.

지금껏 나에게서 3분을 넘긴 유닛은 존재하지 않았다.

발악에 가까운 외침이 통신관을 타고 울렸다.

[니밀ㅡ! 도 이사님, 이 자식 뭡니까?]

한데 존 도의 대답이 더욱 가관이었다.

"전설."

짙은 녹색이 눈앞에 펼쳐졌다.

진녹색 잎들이 하늘을 가릴 정도로 넓었다.

전장은 울창한 열대 밀림이었다. 익숙하면서도 익숙지 않
은 공간이리라.

크긍, 크긍.

슈팅 아머의 발을 타고 올라오는 대지의 질량감은 끈적거
리는 것이, 마치 아교가 붙은 듯한 느낌이었다. 게다 살짝 힘
을 주면 미끄럽기까지 했다.

블랙 포리스트가 바나나 농장 경비라도 맡은 모양이다.

아, 그렇군.

일 년 전, 미국은 마약과의 전쟁이라며 중남미의 한 나라를

전격 침공했다.

좌파 정권을 몰아내고 마약 거래로 부를 축적한 인물이 수반인 괴뢰 정권이 들어섰다.

몰아내야 할 인물들이 오히려 정권을 잡은 것이었다.

현재 퇴출된 좌파 정권은 밀림으로 숨어들어 게릴라전을 펼치고 있다.

밀림은 그들의 편이었고, 그만큼 사상자가 속출하는 분쟁 지역이 되어버렸다.

미국으로서도 명분이 약한 전쟁이기에 한국 같은 똘마니 동맹국의 도움을 기대하기는 어려웠다.

하지만 이 게릴라 소탕전에 블랙 포리스트 등 거대 보안 용역 회사들이 대거 참여해 막대한 매출을 올리고 있다.

하나 이들 역시 미군과 함께 수렁에 빠진 상태다.

슈팅 아머 용병의 주급을 1백만 원에서 3백만으로 올렸지만 여전히 지원자가 없다고 들었다.

그 대안이 바로 이곳이리라.

이곳에서 훈련 중인 한국 청년들에겐 미국의 자산을 지키기 위한 경비 업무가 맡겨질 것이다. 그건 곧 자연스럽게 게릴라의 표적이 되는 셈이리라.

나는 나름의 추론을 얼른 털어냈다.

날아오는 총탄엔 이상도, 이념도, 정의도, 진실도 없기에.

오직 생존!

잡념을 털어낸 나는 밀림의 녹색 그늘 속으로 녹아들었다.

나무의 흔들림은 그 어디에도 없었다. 베테랑답게 은밀하게 기동하고 있음이다.

땅을 짚어 진동을 가늠했다.

물웅덩이의 미세한 파장이 방향을 정확하게 가르쳐 주었다.

'…8시 방향이군. 어디, 반응부터 살펴볼까?!'

나는 대략적으로 파악한 방향으로 20미리 기관포를 발사했다.

드르륵―!!

반응은 즉각 나타났다.

나를 향해 오렌지 빛 섬광이 불을 뿜었다.

슈슈슈슝―!

총탄이 공간을 가르는 소음이 기체 내부로 파고들었다.

파파팟―!

총탄에 맞은 나무가 터져 나가며 나무젓가락 같은 파편을 토해냈다.

충격확산탄의 전형적인 효과였다.

"이크크."

반응 좋은데? 결코 무시할 상대가 아니었다.

몸을 낮추어 나무와 나무 사이로 이동했다.

슈팅 아머 간의 전투에선 멈추면 곧 죽음이다. 어떻게든 움직여야 살아남을 확률이 높다.

이동하며 방금 펼쳐진 적의 반응을 분석했다.

'섬광은 셋. 하나는 저격 위치로 이동 중일 테고, 하나는 측면 매복하시겠다, 이거군.'

미군 교본에 충실한, 너무나도 클래식한 움직임이었다.

'나를 몰이사냥하시겠다?! 좋아, 그럼.'

나는 FPS 장르 게임을 즐기지 않는다. 사람의 몸이 총알 한 방에 산산이 터지는 것을 직접 본 사람이라면 절대 몰입할 수 없는 장르가 바로 FPS 게임 장르일 것이다.

슈팅 아머 시뮬레이터에 익숙해졌을 때 훈련 상황을 게임처럼 여기고 있는 나를 발견할 수 있었다.

이후 운 좋게 몇 번의 실전에서 살아남을 수 있었다.

실전을 거치면서 시뮬레이터 훈련은 나에게 있어 더 이상 게임이 아니었다.

저들이 나랑 다른 점은 바로 그것이었다.

저들의 움직임엔 시뮬레이터 훈련 중에는 절대 죽지 않는다는 안도감이 고스란히 배어 있었다.

하지만 시뮬레이터에서 죽으면 결국 현실에서도 죽는 것이다.

나의 위치는 이제 발각되었다.

그러자 유닛 중 제일 안도해하고 있을 상대가 눈에 그려졌다.

저격조!

바로 그 저격조가 자리 잡기 전에 끝을 내야 했다.

나는 그들이 접근하는 방향을 향해 달렸다.

에너지 바는 만땅이었다.

내가 치른 실전에서 에너지 바가 만땅인 경우는 없었다.

그랬기에 통상 질주의 두 배로 속력을 냈다. 진로를 가로막는 나무는 지그재그로 도약하는 식으로 회피했다.

나무의 흔들림으로 나의 위치를 파악했는지 오렌지 빛 섬광이 쫓아왔다. 자신들을 향해 돌진하고 있음을 깨달았는지 화력을 전부 퍼부어댔다.

슈슈슈슉, 퍼퍼펑―!

슈팅 아머의 총탄에 나무가 터지며 파편이 우수수 튀었다.

상대의 사격을 피해 목표한 나무에 도착한 나는 슈팅 아머의 왼팔에 장착된 견인용 와이어를 20미터 높이의 굵은 가지를 향해 사출했다.

튱, 휘리리릭.

기이이.

와이어가 가지에 감기는 것을 채 확인도 하지 않고 나는 슈팅 아머를 견인했다.

시시시싱, 끌어올려지는 슈팅 아머의 발밑으로 총탄이 빗발치듯이 지나쳤다.

간만에 등골에 땀이 맺혔다.

익숙한 긴장감이 살아나 잠자던 야수의 감각을 일깨웠다.

나무 위로 올라선 나는 저격조가 위치할 만한 장소 두 곳을 눈에 담을 수 있었다.

이어 장딴지에 붙은 대전차 미사일에 두 곳의 좌표를 대충 구겨 넣었다.

그리고 발사!

파웅, 파웅—

화력 통제 장치에 두 개의 사각 화면이 생기며 밀림을 빠르게 훑고 지나갔다.

'자, 나타나라! 어디냐?'

역시나 현실은 나의 기대를 저버리지 않았다.

발사된 미사일의 시야 끝에 저격 임무를 맡은 슈팅 아머의 등판이 탐지되었다.

나는 급히 좌표를 재입력했다.

동시에 슈팅 아머의 등판이 확대되어 들어왔다.

꽈광—!!

화염에 휩싸인 슈팅 아머가 언덕 위로 모습을 드러냈다.

미사일 발사의 반동으로 와이어에 매달린 나의 슈팅 아머가 추처럼 앞뒤로 진동했다.

당겨 올려진 와이어를 풀어냄과 동시에 가지의 중심 부위에 총알을 먹여 부러뜨렸다.

　와지끈. 가지가 부러지며 나는 내동댕이쳐지듯이 바닥으로 떨어졌다.

　그런 나의 머리 위로 총알이 스치듯이 지나갔다.

　씨씨씨씽—!!

　동시에 나는 확신할 수 있었다.

　나는 여전히 0.01초 빠르다.

　쿵쿵쿵—!

　나는 멈추지 않았다. 아니, 멈춰선 안 된다.

　슈팅 아머 보병이라면 누구나 기함할 만큼 에너지의 낭비처럼 보일 기동이리라.

　그럼에도 에너지 바를 나는 전혀 신경 쓰지 않았다.

　슈팅 아머의 축전지는 4시간 30분짜리 두 개로, 보통 8시간 기동 시간이 표준이다.

　하나 지금처럼 달려대면 기동 시간은 급속도로 줄어든다.

　그리고 그것은 복합 동작을 구현해도 마찬가지다.

　그렇기에 대다수 슈팅 아머 보병들은 이 에너지 바를 관리하는 법을 집중적으로 배운다. 물론 나 역시 그렇게 배웠다.

　당연히 슈팅 아머 보병들은 반복적으로 에너지 바에 시선을 가져간다.

　하나 나는 그것이 얼마나 무의미한지 잘 알고 있었다.

나는 8시간짜리 축전지를 단 5분 만에 소모시킨 적도 있다.

대신 반파된 적 슈팅 아머에게서 축전지를 노획해 다시 싸웠다.

나의 전투 시간은 그래서 항상 무한에 가까웠다.

무한의 악마!

그것이 적들이 나에게 붙여준 별칭이다.

그런 과거의 기억이 나의 몸에 새겨진 기억을 다시 일깨워주었다.

동료에겐 천사, 적에겐 사신.

세포 하나하나가 깨어나고 있었다.

나 안의 악마가 기지개를 켜고 있었다.

전력 질주식 고기동으로 에너지 바는 벌써 반 이하로 줄어들었다.

에너지가 아직 삼분지 일이나 남았지만 나는 닳은 축전지를 미련없이 뱉어냈다.

퉁—!

등으로 전해지던 중력이 조금은 줄어들었다.

슈팅 아머는 E&T상의 강철거인과는 전혀 다른 소재로 되어 있다.

그렇기에 무게중심을 잡는 발바닥 외엔 강철 소재로 이루어진 부위가 전혀 없다.

금속 도장으로 인해 거대한 금속 덩어리로 보이지만 사실 대부분이 나노 탄소 섬유로 이루어져 있으며, 무게는 불과 7~9톤에 불과하다.

거기에 줄일 수 있는 것 중 무기 무게 다음으로 많이 나가는 것이 고성능 축전지였다.

그러니 지금 나의 슈팅 아머는 총중량에서 10%나 가벼워진 셈이었다.

그에 더해 장딴지에 붙은 미사일 발사관도 떼어냈다.

그렇게 나는 무게를 차곡차곡 줄여 나갔다.

하나 여전히 익숙한 중량감을 느낄 수가 없었다.

그때 또 하나의 폭음이 들려왔다.

콰쾅—!

발사한 미사일의 나머지 한 발이 모처에 떨어졌음이다.

이미 저격조는 해치웠고, 이제 덤으로 습격조의 위치를 가늠할 수 있게 되었다.

습격조는 3시 방향에서 접근하고 있을 터였다. 나는 방향을 파악하자마자 오른편을 향해 연막탄 다발을 전부 퍼부었다.

파파파방—!!

15미터 상공에서 흑고동색 먼지 더미가 뭉게뭉게 피어 올랐다.

곧 몰이를 맡은 3인조의 반격이 있을 터였다, 홀로 움직이는 습격조를 엄호하기 위해서.

나 같으면 대전차 미사일을 전부 퍼부을 것이다.

아니나 다를까, 저 멀리 여섯 개의 새파란 섬광이 날아오르는 게 보였다.

나는 터진 연막 속으로 스며들었다.

꽈릉 콰과앙—!!

우수수—

등 뒤로 미사일이 터지며 흙먼지와 나무 파편이 덮쳐 왔다.

착탄점은 정확했다.

'히유, 역시 교관다운데?

과연 세밀하기 그지없는 한국인의 손재주!

쿠쿠쿠쿠쿵—!!

이어 내가 숨은 연막 속을 향해 20밀리 기관포가 퍼부어졌다.

티팅, 왼쪽 어깨 장갑을 총탄이 스치고 나나갔다.

'이크크!'

총을 저 멀리 집어 던진 나는 그대로 10미터 위로 점프해 나뭇가지를 붙들고는 매달리는 반동을 이용해 가지 위에 올라섰다.

이 역시 연막을 터뜨리며 미리 보아둔 위치였다.

싱싱싱, 발밑으로 연막을 가르는 총탄의 궤적이 사납게 지나갔다.

저들의 모습이 손에 잡힐 듯 눈에 그려졌다.

한 명이 쏘면, 엄폐한 한 명은 장전하고, 나머지 한 명은 반쯤 노출을 유지한 상태에서 조준하는 식으로 화망을 지속적으로 형성하고 있으리라.

전형적인 근접 위력 사격이었다.

연막이 걷히면서 발사점이 확연하게 눈에 들어왔다.

거리는 불과 80미터!

'…멈추었다.'

그랬다. 발사점은 이미 동작을 멈춘 상태였다.

그 틈을 타 나는 종아리에 붙은 대전차 로켓을 전부 발사했다.

한 발, 한 발, 한 발… 총 여섯 발이었다.

슈슈슈슛, 콰광!!

세 기의 슈팅 아머에 로켓이 적중되는 것을 일일이 확인하지는 않았다.

나는 나무에서 뛰어내림과 동시에 연막탄 발사관과 로켓 발사관을 전부 분리시키며 바닥을 굴렀다.

그리고는 떨어진 총을 다시 쥐어 들어 제일 안정적인 쪼그려 쏴 자세로 세 기의 슈팅 아머를 향해 발사했다.

여섯 발의 로켓이 터지며 세 기의 슈팅 아머를 가려주던 엄폐물의 존재는 더 이상 그 어디에도 없었다.

화염과 먼지 사이로 슈팅 아머의 실루엣이 드러났다.

쾅, 쾅, 쾅—!

나는 각종 무기 액세서리를 떼어내 총 중량에서 25%를 줄였다.

에너지 잔량은 아직 35%가 남아 있으니 줄어든 중량을 생각해 보면 에너지 소모 정도는 충분히 버티고 남을 정도였다.

이젠 홀로 남은 습격조를 찾아야 했다.

그는 절대 밖으로 나오려 하지 않을 것이다.

나는 방금 전에 격파된 저격조가 자리한 곳으로 내달렸다.

그렇게 멈추어 선 세 기의 슈팅 아머를 지나치며 떨어진 기관포 한 정을 발로 잡아채 하늘을 향해 마구잡이로 난사했다.

자신있으면 나와보라는 듯이.

나는 시야가 트인 언덕에 도착했다.

그곳에는 저격조 슈팅 아머가 등에 커다란 구멍이 뚫린 채 땅을 향해 엎어져 있었다.

자리 잡기도 전에 당했음이다.

다행히 그의 저격 라이플은 건재했다.

나는 얼른 3미터 길이의 저격 라이플을 회수한 다음 링크를 걸었다.

적의 병기를 자신의 것으로 이용하는 것이야말로 나의 주

특기!

실제 이런 세밀한 링크 작업은 슈팅 아머에서 나와 사람의 손으로 일일이 직접 해야 한다.

하나 나는 슈팅 아머의 투박한 손가락으로 이 모든 과정을 해치웠다.

이내 화기 통제 디스플레이에 링크된 저격 라이플의 상태가 올라왔다.

탄창에는 38밀리 철갑탄이 여덟 발 들어 있었다.

준비를 마친 나는 얼른 습격조를 찾아 광학 배율을 당겼다.

'나 같으면… 여기에 있겠어.'

빙고!

습격조는 금세 찾을 수 있었다.

그는 파괴된 몰이조 사이에 엄폐한 채 숨어 있었다.

노출된 면적은 극히 적었다.

저격 라이플과 데이터 링크가 불규칙한지 지직거리는 소음이 흘러나왔지만 나는 결정적인 순간을 기다리며 숨을 깊이 들이켰다.

홀로 남은 습격조는 여전히 두 기체 사이에 몸을 웅크린 채 조심스레 주변을 탐색 중이었다.

동료들의 전멸에 바짝 오그라든 상태임이 그려졌다.

그의 총구는 조심스럽게 움직였다. 시간이 흐르고, 마침내 그의 총구가 나의 슈팅 아머와 일치했다.

확대된 배율을 통해 그가 뜨끔 놀라는 게 느껴졌다.

약간 더 늘어난 노출 면적!

빠웅―!

철갑탄이 발사되는 특유의 굉음보다 습격조가 관통당해
쓰러지는 장면이 먼저였다.

나는 그제야 참았던 숨을 내뱉었다.

"올 클리어―!"

Act 04
비굴한 복수

機甲戰記
Massacre
기갑전기 매서커

츄우욱—!!

시뮬레이터의 헤드가 열리는 특유의 기음이 기분 좋게 느껴졌다.

나는 기기에서 천천히 몸을 뺐다.

실내 공기가 차갑게 느껴지며 온몸에서 무럭무럭 연기가 피어올랐다.

어느새 코가 붉게 부어오른 존 도가 환하게 웃으며 나를 기다리고 있었다.

"4분 58초, 올 클리어!"

당사자보다 더 만족한 얼굴이었다.

나는 어깨를 으쓱하며 답했다,

"감이 무뎌지긴 했군요. 3분이면 충분할 줄 알았는데."

"…허허허."

존 도가 너무한 거 아니냐는 표정을 지었다.

그의 뒤로 3남 1녀가 멍한 표정으로 굳은 채 서 있었다.

교관들은 자신들이 당했다는 게 믿기지 않는다는 반응들이었다.

그들의 뒤로 술렁거리는 훈련생들이 삼삼오오 모여 나를 흘깃거렸다.

습격조 역할을 맡은 교관은 아직 기기에서 몸을 빼지 않은 듯 보이지 않았다.

잠시 뒤, 산맥처럼 거대한 덩치가 멍하니 서 있는 3남 1녀의 뒤에 나타났다.

혼이 나간 얼굴이 이럴까.

하긴 실전이었으면 죽은 목숨이나 다름없으니.

그는 쥐어짜는 투로 말했다.

"당신… 누구야?"

나의 몸에 배인 거만함이 답했다.

"전설."

…맞다니까.

존 도는 무척이나 흥분된 상태였다.

왜 아니 그럴까, 내가 데드 캠프의 교관 직을 고려하겠다고 했으니.

물론 내 나름의 조건을 걸었다.

존 도는 본사와의 화상 회의를 마치자마자 소파에 느긋하게 늘어진 상태로 탁자에 다리를 올려놓은 나에게 다가왔다.

"본사의 이사회에서 미스터 윤의 대우에 대해 결의했습니다. 그리고 미스터 윤이 제시한 조건 모두를 받아들이겠다고 합니다."

서울에 설치된 블랙 포리스트의 데드 캠프는 아직 본격적으로 요원들을 배출하지 않은 상태였다.

아니, 이제 막 출범한 상태라 하는 것이 맞는 말이었다.

그런 상태에서 내가 할 수 있는 일은 있었다, 반드시.

그리고 그 속에서 이들에게 할 수 있는 복수가 있다.

오직 나만이 할 수 있는 일!

존 도가 말을 이었다.

"미스터 윤의 보안 등급은 5급에 직책은… 검열관입니다. 한국에서 제 다음으로 높은 등급입니다."

"사무실은?"

"당연히 마련하겠습니다. 비록 일주일에 하루 근무지만 전망 좋은 곳으로 준비하겠습니다."

"커피 메이커도 부탁하죠. 아, 좋은 원두도."

"당연히!"

이어 존 도가 조금 이해해 달라는 뉘앙스로 말을 덧붙였다.

"…현지 근무가 아니기에 주급은 5백만으로 책정되었습니다."

신의 직장이로군.

하긴 그 안에는 입막음 비용도 포함된 가격이리라.

여하튼 나는 여전히 오만함을 유지했다.

"적당하군요. 애송이들을 만져 주는 대가답군요."

"미스터 윤도 아시다시피 블랙 포리스트는 현장 요원 위주로 움직이는 회사니 이해해 주십시오."

용병 수입의 60%가 현장 위험 수당이라는 것은 익히 경험한 바였다.

"너그러운 제가 항상 이해해야죠."

"…허허. 아, 그리고 회사 차량을 이용할 수 있습니다. 아니, 회사 차량을 이용해 주시길 바랍니다. 일주일에 한 번 근무하더라도 회사 차량을 이용하는 시간만큼은 제 재량을 통해 수당으로 잡아드리겠습니다."

존 도는 그러면서 살짝 윙크를 보냈다.

나름 한국식 눈 가리고 아웅을 하자는 것이었다.

내게 책정된 보수가 그로서는 약하다 인정하고 있음이다.

당연히 업무용 차를 준다는데 마다할 내가 아니었다.

전기 자동차 광고가 그렇게 당기더라니… 나에게 오묘한

예지력이 생긴 것 같다.

여하튼 주어진 차에 온갖 감시 장비가 숨겨져 있을 테지만 아이돌 뮤직만큼은 넘쳐 날 터이다.

큰곰이랑 강화도로 낚시나 당겨와야지, 크크.

"비서는?"

굉장히 솔깃한 제안이었다. 이참에 아리따운 비서를 부려 봐?

"일주일에 한 번 나와도 되는 비서가 있으면 그쪽에서 고용하시든지요."

"허허, 그럼 죄송하지만 제 부속실 비서가 미스터 윤의 일정을 관리하도록 하겠습니다."

"좋습니다."

존 도의 비서는 지금껏 두 번 마주쳤지만, 성깔깨나 있어 보이는 여성이었다.

뭐라고 해야 하나.

흔히 이야기하는 스펙녀 같은 분위기가 충만한 여성이었다.

그리고 어디선가 마주친 듯한 느낌이 들었는데, 그게 어디인지 도무지 생각나지가 않았다.

뭐, 차차 생각나겠지.

아무튼 양키들과 거래할 때 제일 마음에 드는 점은 '갑'에 대해 확실히 이해하고 있다는 점이다.

즉, 당신이 그 갑이라면 얄미울 정도로 오만해도 된다.

마이너리거는 버스에 구겨져 짐짝처럼 이동하지만 메이저리거가 되면 전세 비행기에 기내 서비스까지 즐기며 안락하게 이동하잖은가. 바로 그거다.

양키들은 어드마이어하는 인물에 대해선 대우가 명확하다.

"어허허, 전설과 같이 일하게 되어 영광입니다."

나는 존 도가 내민 손을 마주 잡았다.

"제가 제시한 조건, 아니, 권한을 확실히 문서로 남겨두고 싶습니다."

"당연히. 미스터 윤에겐 그럴 만한 권한이 있습니다."

내가 제시한 조건?

간단하다.

검열관이란 직책이 말해주듯이 나의 근무 조건은 일주일에 한 번 교육생들의 성취를 점검하는 것이다.

일주일에 한 번 나와 대결을 펼쳐 5분을 넘긴 유닛에게만 해외 송출 자격을 부여하겠다는 것이다.

이것이 내가 요구한 권한이다.

양키들은 꽤나 합리적인 자들이다.

그리고 자신들이 계약한 조건은 철저히 지킨다.

특히 담당자의 사인이 관문과도 같다.

저들은 내가 더 이상 분쟁 지역으로 가지 않을 것임을 알고 있다.

그러나 나같이 뛰어난 슈팅 아머 보병을 원하고 있기도 하
다.

그러한 전투 요원을 내가 만들어주겠다는데 마다할 이유
가 없음이다.

이제 눈치챘는가?

그렇다. 나는 단 한 명의 교육생도 블랙 포리스트의 임무처
로 보낼 생각이 없다.

이것이 내가 할 수 있는 블랙 포리스트란 분쟁 지원자에게
할 수 있는 최소한의 복수다.

만약 나에게서 5분을 넘기는 유닛이 있다면?

…절대 그런 일 없다.

나, 지오다.

예전의 전설이 아닌, 현재 진행 중인 전설!

OF TEN DIVINE NAMES
Act 05
토탈 저주체

機甲戰記
Massacre
기갑전기 매서커

시간은 밤10시가 조금 넘어서고 있었다.

존 도와 시시껄렁한 신경전을 주고받고 이제야 돌아가는 길이었다.

엘리베이터 문이 열리며 정장차림의 여성이 탔다.

오 마이 갓! 배반의 장미가 아닌가.

돌아가는 길에 딱 마주칠 줄이야.

한데 그녀는 나를 힐끔 보고는 고개를 돌렸다.

팬텀 분장을 한 상태가 아니니 몰라보는가 보다.

내가 그렇게 존재감없어 보이나?

여하튼 님, 카리스마 짱이셔.

그런데 내려가는 엘리베이터에 단 둘이다.

왠지 두근거린다고……. 현실의 미인이 이래서 무서운 거야.

한데 우연히, 정말 우연히 갑자기 엘리베이터가 멈추어 버렸다.

아, 우연이 아니구나.

엘리베이터를 정지시킨 것은 장미님이었다.

그녀는 갑자기 돌아섰고, 나는 구석에 몰린 쥐처럼 움츠러들었다.

오오, 밀어닥치는 카리스마의 해일!

"…왜 그러세요?"

"윤 지오씨, 우리 회사가 모를 줄 알았어요?"

"……."

젠장, 이미 신상 털렸구나.

"능력자로서 대우를 톡톡히 바라시는 것 같은데… 좋아요. 최고의 대우를 해 드리겠어요."

"……."

결국 엮이고 말았어.

"그럼 이제부터, 윤 지오님의 팬텀은 버츄얼 엔터테인먼트 소속입니다."

그녀는 그러면서 손을 내밀었다.

나는 덥석 내민 손을 부여잡았다. 강아지에게 손 하면 자동으로 발을 내미는 것과 같은 반응.

그제야 장미의 눈에 안도감이 읽혔다.

"좋아요, 그럼 자세한 이야기는 내일 낮에 하기로 하고 일단 한잔 하죠?"

"예?"

"맞아요, 그 설마 하는 데이트입니다."

"!"

오오, 현실에서도 내 매력이 통하고 있어. 지화자!

여우에 홀린 기분이 이럴까.

아, 그러고 보니 존 도와 신경전을 벌리며 심력 소모가 극심했구나.

에이, 간만에 현실의 여인과 데이트인데, 뭐 어때?

엘리베이터는 다시 내려가기 시작했다.

장미에게서 좋은 냄새가 났다.

나는 오묘한 상상의 나래에 빠져 들었다.

한데 일층 엘리베이터 문이 열리자 눈앞에 검정 정장 차림의 남녀가 떡 하니 서 있는 게 아닌가.

가상 박람회에서 보았던 장미의 경호원들이었다.

그리고 이후 장미와 내 뒤를 그림자처럼 따라붙었다.

…젠장, 이게 무슨 데이트야!

＊　　　＊　　　＊

원정대는 바미안을 향해 나아가면서 8일간 총 열다섯 곳의 필드를 탐험하였다.

결과는… 무참한 실패로 끝이 났다.

그저 지도만 밝히는 수준의 성과만이 있었다.

나와 형제 작업장은 나서지 않았다. 아니, 나설 수가 없었다.

공장들의 집중적인 관리라는 이름의 방해를 받아서였다.

방해? 다름 아닌, 이런 거였다.

빠른 포기!

탐색 중인 필드를 포기하고 다른 필드로 무작정 이동하는 식이었다.

일명 '이 길이 아닌가 벼?!' 신공.

사실… 메이지 지오가 나설 형편도 아니었다.

가브가브를 상대로 플라즈마 구슬을 전부 소모해 버렸기에 소모품 보충이 시급한 상황이었다.

구슬에 마법진을 새기고 마력을 주입해 활성화시켜야 하는데, 그런 작업을 이동 중에 하려니 고도의 집중이 필요했다.

여하튼 금속 갑충 계곡의 탐험을 포함해 여섯 곳의 필드에서 원정대를 이끄는 공장들은 제 역할을 못한 셈이었다.

그나마 필드 보스를 구경한 정도가 발전한 모습이라면 모습이리라.

살아 있는 암석의 땅, 속삭이는 오솔길, 고대 폐광 지대의 탐험 등은 나도 어떻게 해결할 방법이 도저히 떠오르지 않는 필드였다.

등장하는 보스 몬스터들도 막강했다.

여하튼 이들 필드의 공통점을 들자면, '생명이 깃든 금속체'와의 싸움이라 하겠다.

말만 들으면 영화에 나오는 멋들어진 변신 로봇들이 떠오를 것이다.

하나 상대는 그런 지적이고 세련된 금속 생물들이 아니었다. 보다 원시적이고 사나운 변종 생물들이었다.

그렇게 연이은 실패로 원정대의 사기는 점점 떨어져만 갔다.

바미안으로 향하는 길 중 환하게 불이 밝혀진 곳은 금속 갑충 계곡뿐이니, 티켓을 끊은 사장들로서는 계약한 공장을 상대로 한 공개적인 푸념만이 점점 늘어갔다.

"휴가 다 끝나가는데… 이런 식이면 한 달로도 힘들 것 같네요."

"아니, 왜 형제 작업장은 공격에서 배제시킵니까?"

"용자의 도전을 하게 합시다. 아이템 경매라도 해서 기념품만이라도 챙겨야 할 것 아닙니까?"

점차 목소리가 커지는 사장들을 달래느라 공장들은 시간이 갈수록 힘들어했다.

그와 비례해 공장들의 형제 작업장을 바라보는 시선은 더욱 거칠어져 갔다.

그런 가운데 형제 작업장이 주최하는 영양가 높은 경매가 결정적이었다.

사장들 중 파티에서 이탈해 형제 작업장 옆에 붙어가는 이들이 늘어만 간다는 것이었다.

경매를 통해 연을 맺은 사장들이 대다수로, 그들은 쑥스럽게도 이 몸, 용자 메이지 지오를 흠모했다.

이 몸이 아티펙터라는 당당한 타이틀을 쟁취한 것이 크게 한몫했음이다.

그렇다. 자신들과 비슷한 생산 캐릭이라는 점이 호감을 배가시킨 것이다.

나는 그런 그들의 호의를 '공동 작업'을 하는 것으로 보답했다.

그들이 고안한 마법진을 사들이기도 했고, 마법진을 같이 새겨 넣기도 했다.

배울 게 많은 유저들이 이렇게 많은 줄이야!

거액을 들여서 먼저 모험을 하겠다는 유저들이라 그런지 나름 능력자들이 대다수였다. 전투엔 약할지 모르지만 생산 분야에선 나름 거장 소리를 듣는 유저들이었다.

현실에서 다양한 직업과 체험을 가진 유저들이라 사람 사귀는 재미가 있었고, 종국엔 머리를 맞대 합작으로 아티펙트를 만들며 지루해져 가는 원정을 사람 사귀는 재미로 바꾸었다.

우르르 몰려다니는 재미가 바로 이런 것이었다.

그들 덕에 실험하고픈 전위적인 아티펙트는 늘어만 갔다.

마침내 원정대는 버려진 요새 터에 도착했다.

무너진 방책이지만 둔덕 위에 자리해 비교적 안전한 장소였다.

간간이 이런 장소가 숨 돌리라는 식으로 나타나곤 했다.

초반엔 다들 힘이 넘치고 의욕 과잉 상태라 무작정 패스했는데, 이젠 이런 귀신도 도망갈 폐가라도 나타나면 휴식을 마다하지 않게 되었다.

다들 장시간의 원정에 힘겹고 지친 상태라 이런 안전지대는 오아시스나 마찬가지였다.

"사장님들, 전체 휴식입니다. 10시간 휴식입니다. 외부에 볼일 보실 분들은 지금 보세요."

공장들이 외쳤다.

"아휴, 이게 무슨 고생이야."

"젠장, 사서 고생이 아니라, 돈질해서 고생이군."

사장들 대다수가 툴툴거리며 한마디씩 했지만 휴식을 마다하진 않았다.

그렇게 오늘도 어김없이 성과없는 하루가 저물고 캠프가 차려졌다.

"5시간 동안 로그아웃할게요. 그동안 좀 부탁해요."

"예, 쉬고 오세요. 자리 지켜드릴게요."

필드 밖이라 안전하게 로그아웃을 못하는 상태였었다. 하나 지금은 5시간 정도는 로그아웃이 가능하게 되었다.

내가 뿌려댄 드워프 도구가 나름 Part 2 아이템이었고, 5시간 정도의 로그아웃 기능이 있어서다.

이런 기능이 없었다면 이번 원정대는 쪽이 나도 예전에 쪽이 났으리라.

텐트를 치고 캠프에 불을 붙이자 안전지대 설정 준비를 이젠 동료 아닌 동료가 되어버린 인물들이 모여들어 거들어주었다.

캠프에 불이 달아오르는 걸 바라보며 옹기종기 사이좋게 앉아 잡다한 이야기를 나눌 정도가 되었다. 그렇게 모여 앉은 이들의 시선은 나를 향하고 있었다.

흑청색 머리칼, 상아빛의 건강한 피부, 번민으로 깊어진 두 눈의 소유자 메이지 지오 말이다.

이젠 누구도 나를 띄엄띄엄 보지 않았다.

괜히 쑥스럽게시리…….

그때,

"메이지 지오님, 궁금한 게 있어요!"

'헉!'

근래 내 주위를 유독 맴돌고 있는 인물이 말을 걸어오다니.

그 인물은… 바로 다크 메이지인지, 다크 메이드인지 여하튼 E&T의 성골이라는 '큐브' 라는 여성 유저였다.

거, 있잖은가, 외모는 눈앞에 있어도 기억하기 힘들 정도로 평범한데 '저주의 달인' 이라는.

멀리 떨어져 앉아 있지만 일렁이는 모닥불의 조명을 받아 평소의 부루퉁한 모습이 심통스럽게 보이기에 충분했다.

검은 로브에 후드를 눌러쓰고 말하니 괜히 심장이 떨려왔다.

이는 내가 미인을 접했을 때의 본능적인 반응인데… 마녀이기에 나의 정직한 생체 반응조차 왜곡하고 있음이다.

나는 뭐 꼬투리 잡힌 게 있나 스스로를 점검하며 대답했다.

"큐브님의 질문을 받을 수 있어 삼대의 영광이지라."

괜스레 어색한 사투리로 답을 하고 말았다.

그 모습에 큐브가 정말 걱정이라는 투로 말했다.

"음, 은근히 긴장 타신다. 내가 눈 돌아가는 미녀도 아닌데."

"헤, 헤."

그건 댁이 눈 돌리고 싶은 마녀거든.

미녀에게 약한 비굴 모드로 웃음을 유지했다.

"킥킥킥."

주변 사람들이야 그저 재미있으신가 보다.

오늘따라 왜들 이렇게 많이 모인 거야?

불구경보단 싸움 구경이, 싸움 구경보단 저주로 불에 활활 타오르는 지오 구경… 이런 식인가 보다.

…무시하자.

다 기억했어. 나중에 다 죽었어!

"그러니까, 제가 괜히 지오님 주변을 그냥 맴돈 게 아니거든요."

"예?"

…관심은 감사하지만 님의 관심은 사양하고 싶다능!

"제 관심 사항은 첫째도 저주, 둘째도 저주예요."

"헉!"

그렇게 저주를 걸고 싶을 정도로 제가 미운가요? 제가 뭘 그렇게 잘못했다고?

서비스로 덤에다 가격까지 깎아줬는데.

"근데 지오님 주변에서 저주의 냄새가 진동해서예요."

"…저, 저주라니요?"

나는 깜짝 놀랐다.

언제 나에게 저주를 걸었단 말인가.

큐브인지 쿠부인지 지금 당장 사생결단 내자!

발작하며 일어서려는데 큐브의 정말 호기심 넘치는 눈으로 인해 나는 주저앉아야 했다.

"제가 지오님을 유심히 살펴보았는데요, 수많은 저주가 지오님 캐릭에 걸려 있어요. 한두 사람이 건 게 아니에요."

“……”

이건 뭔가? 저주를 건 주체가 한두 사람이 아니라니…….

나만큼 선량한 캐릭 있으면 나와보라 그래!!

주변 모두의 호기심을 자극했음인가, 다른 이들도 숨소리를 죽이며 큐브의 이야기에 빠져들어 있었다.

왜 아니 그렇겠는가.

가브가브를 홀로 해치운 용자 메이지 지오에게 감히 누가 저주를 걸 수 있단 말인가?

“이 저주들은 서로를 간섭하기에 그 효과가 제대로 발휘되고 있진 않아요. 하나 그만큼 저주 하나하나가 치명적이에요.”

“……”

냉정을 찾으려 했지만 나 역시 어느덧 큐브의 이야기에 빠져들고 있었다.

누가 감히 위대한 지오님에게 저주를 걸 ‘깡심’을 지녔단 말인가.

아무리 이지적이고 냉정한 메이지 지오 캐릭이라도 어쩔 수 없었다.

거, 있잖은가. 당신에게 잡귀가 붙어 있어 재수가 없다는 식의 공갈에 매료된 무지몽매한 군상의 모습이 지금의 내 모습이리라.

나, 알고 보면 무지 귀 얇다.

다 안다고? 됐고!!

"저에게 대체 어떤 저주가 걸려 있나요? 복채는 두둑이 준비하겠습니다."

이 마당에 복채가 문제냐, 굿이라도 하겠다.

"아뇨, 필요없어요. 다 공부니까."

"……."

"공짜로 설명해 드리죠. 우선 손을 제게 주세요. 손금을 보면 이 캐릭에게 건 저주가 제겐 보이거든요."

"음……."

나는 저도 모르게 큐브에게 손을 내밀었다.

그때 옆에서 누군가가 내 로브를 잡아당겼다.

징징이 달팽이 아가씨였다.

퍼뜩 정신이 들며 홀린 듯 내밀던 손을 거두어들였다.

상대는 E&T가 인정하는 저주사!

누가 감히 그녀에게 당당히 손을 건넬 수 있단 말이랴?

큐브가 나에게 저주를 걸기 위해 모두 지어낸 이야기일 수도 있잖은가.

결정적으로 공짜라잖은가.

이 세상에 공짜가 어디 있는가.

그렇게 내가 내민 손을 황급히 수습하자 캠프의 분위기는 싸늘하게 가라앉았다.

황량한 바람 한줄기가 등골을 타고 오르자 캠프의 분위기는 더욱 으스스하게 변해 버렸다.

징징이 달팽이 아가씨는 내 옆에 바싹 붙어 앉아 커다란 눈에 걱정을 한가득 담아내고 있었다.

그새 정든 거야? 이, 이놈의 매력은…….

아, 이게 중요한 게 아니지.

여하튼 나를 비롯한 모든 이가 떠올린 의문을 큐브 스스로가 풀어냈다.

"호호, 제가 지오님에게 저주를 걸 이유는 없어요. 저는 누군가 절망하고 좌절하는 모습을 보는 게 좋거든요. 특히 한창 떠오르며 존경받는 인물이 나락으로 떨어지는 순간을!"

"……."

너 변태지?!

큐브의 말에 달팽이 아가씨가 내게 더욱 가까이 붙어왔다.

나보다 그녀가 더 큐브의 박력에 쫄았음이리라.

그녀는 내게만 들리게 작게 중얼거렸다.

"우우, 큐브님은 변태긔?"

내가 하고 싶은 말이군.

여하튼 달팽이 아가씨의 눈에는 걱정이 한가득이었다.

그 덕에 나는 용기를 내어 큐브에게 손을 건넬 수 있었다.

"여기 있수다. 어디, 얼마나 깊이 나락에 떨어지는지 봅시다."

나, 간밖에 없는 넘이야!!

*　　　*　　　*

맞잡은 손을 통해 큐브의 체온이 느껴졌다.

뭐, 별거없었다.

마치 한의사가 진맥하는 듯한 느낌이었다.

그런데 큐브가 내 손을 잡은 채 '헉!', '헛!', '이런이
런……' 같은 감탄사를 연발하는 것이 아닌가.

드디어 사위가 고요해진 가운데 큐브의 설명이 이어졌다.

"내가 파악한 첫 번째 저주!"

"……."

두구두구둥, 난 마음속으로 장난스러운 북을 울려 떨리는
마음을 진정시켰다.

"조강지처의 눈물을 매개로 한 귀부인의 저주."

"헉!"

머리를 망치로 후려 맞은 듯한 느낌이었다.

저주를 건 주체가 선명하게 떠올랐다.

"오오, 이 저주… 매우 강력해! 저주를 건 귀부인의 지위가
높을수록 그 정도가 확실해요. 오, 저주를 건 귀부인의 지위
는… 백작 부인!"

"……!"

"효과는 파티 가운데 여성 유저의 최고 스킬의 봉쇄예요.

당신에게 가까이 있을수록 그 여성은 자신의 스킬이 계속
실패할 수밖에 없어요. 당연히 파티를 떠날 수밖에 없겠죠."

"……."

…미요, 왜 그랬니?

한숨이 절로 나왔다.

이런 걸 자업자득이라고 하지.

"그다음 저주도 만만치 않아! 아아, 악독하구나, 악독
해……."

큐브는 마치 신들린 무당처럼 저주의 내용을 읊었다.

"메이드의 한숨을 매개로 한 하녀의 저주!"

"뜨허—"

그녀가 나에게 이럴 수가!

"이 저주도 만만치 않아. 저주를 건 하녀의 원념이 하늘을
덮는구나."

"……."

"저주 효과는 파티원 중 여성 유저의 능력치를 무려 12%나
감퇴시키는구나. 능력치가 떨어지니 파티에 머물 수가 없지.
이런 악독한 저주가 있다니… 대단해."

치리님, 저한테 왜 그래요? 아, 울고 싶어진다.

"오, 그다음도 만만치 않아."

"……?"

"바람 정령의 분노를 매개로 한 나랑 놀아줘 저주!!"

"뜨헉!!"

아니, 이 녹색 누님까지 왜 이래?

아, 그러고 보니 이번 원정대에 같이 가자고 했지?

나름의 데이트 신청이었는데… 쓰읍.

"저주의 효과는 반경 5미터 안에 있는 모든 여성 유저는 당신에게 알 수 없는 불쾌감을 느낀다. 흠, 이 저주였군. 내가 은근히 지오님에게 짜증난 이유가 바로 이 저주 때문이었어. 게다가 제법 거액을 들인 저주라 효과는 확실하군."

"…지금 사정이 꽤 되는 분이죠."

과연 녹색 누님은 저주도 돈으로 해결하는구나.

"오오, 저주가 또 있어. 이번 것은 상당히 지능적이야."

"더 이상 또 뭘?"

"피로 맺어진 연인을 위한 붉은 천사의 저주!"

"꼬록꼬록!"

입에 게거품이 올라왔다.

이 땅꼬마까지… 나를 어떻게 보고?

"당장 그 로브를 버려! 로브 자체가 바로 저주의 매개체!"

맞습니다. 이 로브는 땅꼬마가 만들어준 로브입니다.

할딱 벗어버리겠습니다!!

"저주 효과는 나도 알 수가 없어! 아니, 이럴 수가. 파편 무구를 이용한 저주가 있다니… 굉장해!"

"……."

"이런 저주들이 서로 엉겨 붙어 제 역할을 못하고 있지만,
저주 에너지들이 지금도 서로 충돌하고 있어. 당신 근처에 있
는 여성 유저에게 갑자기 벼락이 떨어질 수도 있다는 말이지."
"……."
꽈릉!
순간 큐브가 맞잡은 손에 앙증맞은 스파크가 떨어졌다.
그녀는 화들짝 놀라며 내 손을 놓았다.
앗뜨뜻.
"오오, 보라고. 이 무서운 질투의 에너지를… 역시 당신은
저주의 종합 연구 과제야."
"……."
퍽이나!
그때 내 옆에 붙은 징징이 달팽이 아가씨가 이제야 알겠다
는 투로 말했다.
"우우, 나에게 벼락이 떨어진 게 그 때문이구나."
"……."
…그러셨어요?
거대한 가방이 그 벼락을 대신 막아준 것이었다.
허탈한 마음에 어깨가 축 늘어졌다.
영주관에 있는 모든 여인들이 나에게 저주를 건 것이다.
그때 한편에서 경망스러운 웃음이 새어 나왔다.
"으흐흐흐."

  캠프에서 사라진 큰곰이 텐트 안에서 배를 잡은 채 구르고
있었다.

  "세상은 공평해—"

  나는 벌떡 일어나 뻗치는 화를 풀 곳을 향해 걸어갔다.

  좋아? 좋아 죽겠지?

  이제 낚시는 다 간 줄 알아.

  동화율을 주먹 하나에 집중해 큰곰이의 두툼한 찹쌀떡 복
근에 구겨 넣었다.

  푸욱—!!

  죽어, 죽어, 죽으라고!

  내 불행이 그렇게 행복해?

  이제부터 실컷 행복해 보시지?

  "크헉—!! 살류—!!"

  거봐.

  여자들에게 인기 좋은 게 좋은 것만은 아니라니까.

  큰곰이가 외쳤다.

  "으헉헉, 맞아도 좋아, 세상은 공평해—!"

  공평 안하거든?!

  현실 천국, 가상 지옥!

  OK?

Act 06
은색 지대

機甲戰記
Massacre
기갑전기 매서커

원정대의 눈앞에 은색 지대가 들어왔다.

"또야?! 이젠 지긋지긋하다."

푸념이 원정대 전체에서 터져 나왔다.

모험과 낭만이 없는 원정에 다들 지쳤기에 신경질적인 반응이 다분했다.

빠른 포기로 한 번 물러난 필드였지만 다시금 원정대 앞에 나타난 것이었다.

이 은의 지대는 금속 포자 버섯 지대였다.

2미터 높이에 우산 모양의 금속 포자 버섯은 까다로운 몬스터가 아니었다. 게다가 움직이지도 않는 고정형이었다.

다만 문제는 원정대가 지나가며 땅을 통해 전해지는 진동에 따라 미세한 금속 포자를 뿌린다는 것이었다.

이 포자는 금속 아이템에 달라붙어 서서히 부식을 시킨다.

그렇듯 아이템의 내구도는 물론, 방어력과 공격력을 갉아먹어 전체적인 전력을 까먹는 까다로운 존재였다.

구성이 금속체라 마법으로도 태워지지 않았고, 마력에 격중되어 폭발하면 뿌연 포자를 분무기처럼 내뿜어댔다.

부식은 서서히 진행되다가 한참 뒤에야 발견되었으니 건드리면 건드리는 만큼 손해인 것이었다.

그 원인을 찾은 것도 드워프의 공구가 있었기에 가능한 일이었다.

드워프의 공구는 수리한 아이템의 완벽한 내구도 복원과 동시에 부식 원인도 알려주는 진단 기능이 있었다.

그 덕에 원정대의 필수 아이템으로 드워프 공구가 자리 잡았고, 개당 3만 원씩 하던 공구 가격은 현재 8만 원까지 오른 상태였다.

Must Have Item!

여하튼 금속 포자 버섯 지대를 앞에 두고 원정대는 걸음을 멈출 수밖에 없었다.

빠른 포기를 했는데 다시 눈앞에 나타났으니 어떻게든 결판을 내야 하는 필드였다.

곧 파티장 회의가 있었고… 마침내 파티장이 결의에 찬 어투로 통보해 왔다.

"아시다시피 같은 필드가 계속 나오고 있습니다. 반드시 돌파해야 할 필드입니다. 그래서… 전속으로 내달릴 것입니다. 목표는… 저기 녹색 언덕까지입니다."

"에엑!!"

사장들의 입이 쩍 벌어졌다. 아무리 가상이라지만 무려 3킬로를 전력 질주라니.

"무게 나가는 아이템은 버리세요. 그리고… 낙오자는 파티 강퇴에 변상없습니다. 그럼."

"그런!"

다들 아연했다.

공장들 역시도 이젠 한계에 다다른 것이었다.

하지만 아무리 그렇다 해도 전속으로 달려 지나가는 것을 유일한 해결책으로 내놓다니.

팀을 이루어 전속으로 뛰려면 아무리 가상이라 해도 숨 고르기가 필수였다.

그렇기에 가상에서도 전속으로 뛰어야 한다는 것은 여간 부담스러운 게 아니었다. 게다가 다들 준비한 짐들이 오죽 많은가.

호위 없이 시작점으로 돌아갈 수도 없는 노릇.

부활지로 지정한 곳 역시 도시에서 한참 떨어진 필드 한가운데였다.

곳곳에서 맥 빠진 신음이 길게 터져 나왔고, 거친 항의가 빗발쳤다.

"안전 보장하라—! 안전 보장하라!!"

"티켓 값을 물려 달라! 물려 달라!!"

"계약을 이행하라—!"

"고소하겠어!!"

사나운 항의가 퍼부어졌지만 공장들의 표정은 단호했다.

이내 유저들은 두 분류로 갈렸다.

사장 티켓을 끊은 유저와 회장 티켓을 끊은 유저로.

회장 티켓을 끊은 유저들은 한결 여유가 있었다.

거추장스러운 사장들을 떼어버리는 게 오히려 자신들에게 유리하다고 판단한 것이리라.

때문에 궁지에 내몰린 사장들의 거친 항의가 이어졌다.

하나 달마 맹주, 최고 공장의 냉정한 외침이 있을 뿐이었다.

"일주일간의 안전 보장이 티켓에 포함된 조항입니다. 저희는 이미 이틀을 더 넘기며 사장님들을 보호했습니다. 그런 만큼 저희의 역할은 충실히 넘치게 했습니다."

"우—!!"

"언덕에 도착한 분들을 위주로 티켓 갱신에 대해서 이야기를 다시 나누죠."

씨벌, 뺑뺑이 돌린 이유가 이거였다.

회장이든 사장이든 티켓 흥정을 다시 하자는 것이었다.

달마 맹주의 입에선 계속해서 일방적인 통보가 이어졌다.

"척후조 3분 후 출발! 회장님들은 그 안에 재료 아이템과 소비 아이템을 줄일 수 있는 데까지 줄여주세요. 선발대 준비!"

유저 가운데 회장들은 아이템을 땅바닥에 아무렇게나 버려댔다.

무거운 중병기가 먼저 버려졌다.

"우우—"

여전히 사나운 야유가 터져 나왔지만 공장들은 등을 돌려 외면했다.

그런 가운데 달마 맹주의 눈은 나를 향하고 있었다. 하지만 더 이상 개념 담긴 진지한 눈빛은 아니었다.

그것은… 서바이벌에 내던져진 전사의 눈이었다.

그리고 보니 다른 공장들의 기세도 다르게 보였다.

'안 좋은데……'

사장의 한계, 정보 부족이었다.

그런 와중에 여우 대가리 '긴 사장'이 그 옆에 붙어 실실 가느다란 웃음을 보내며 '넌 모를 것이다'라는 뉘앙스를 고스란히 풍겼다.

나와 형제 작업장, 그리고 나의 추종자들을 이번에 떼어낼 속셈 말고 다른 뭔가가 있음인데, 짐작이 가는 것은 없었다.

그렇게 의문이 담긴 눈싸움 아닌 기 싸움을 주고받고 있는
데…….

"우우, 전부 손에 익은 장비라 버릴 게 없는데… 어쩌죠?"

깜딱이야!

'아니, 이 아가씨가?

소리 소문 없이 달팽이 아가씨의 거대한 가방이 어느새 내
옆에 있었다. 이동하는 내내 집채만 한 배낭을 짊어지고 인기
척도 없이 나타나 나를 여간 당혹스럽게 만드는 게 아니었다.

그녀가 원정대에서 말을 건네는 유일한 상대가 있었으니,
그게 바로 나였다.

이유는… 모르겠다. 모른다니까?!

아무튼 이 달팽이 아가씨가 낙오자 일순위이리라.

이만한 짐을 들고 2킬로를 이동도 아니고 뛰어야 함이니,
걱정이 다른 유저들과는 확실히 달라도 엄청 달랐다.

"우우, 매니저들이 애들 의상을 한 벌씩만 가져가 버렸어
요. 바미안은 멋쟁이들이 제일 많이 모이는 곳이라고 현지에
서 나머지 의상을 조달한대요."

…짤렸구나.

마음을 굳힌 나는 공장들과의 신경전을 거두었다.

닥치면 절로 알아지는 것이고, 내 팔 내가 흔드는 거다. 언

제나!

달팽이 아가씨를 눈에 담았다.

절대 긴장 결여 우렁 각시!

사람은 안 보이고 거대한 회색 가방만이 눈에 들어왔다. 올려다봐야 할 정도로 가방은 이미 가방이 아니었다.

"짤렸으면 이제 홀가분하게 짐 덜어요."

가방 아래에서 특유의 어투의 대답이 들려왔다.

"우우… 그게."

와, 답답해라. 이 아가씨야, 가방째로 그냥 버리라니까?!

"우우, 희귀한 염색 재료도 많이 챙겼는데… 어쩌죠?"

"크으으."

끓는다, 끓어!

그러니까, 그 똥 가방 버리라니까?!

한 대 패주고 싶은 캐릭이… 정말 존재하다니.

그러나 릴렉스!

다른 유저가 이 달팽이 아가씨의 이야기를 듣고 있노라면 짜증이 밀려올 테지만 나는 덤덤히 들어줘야 할 의무가 있었다. 아주 약간.

그러니까… 달팽이 아가씨가 코디로 나설 수밖에 없던 사정엔 이 몸의 역할이 지대했다는 것이다.

설명을 하자면 이렇다.

이 달팽이 아가씨의 캐릭을 척 보면 알겠지만, 가상 사회랑

거리가 먼 캐릭임을 한눈에 알 수 있다.

사실이다.

그녀는 게임을 할 이유가 없는 분류로, 특유의 긴장 결여엔 다 이유가 있었다.

현실에서 환상처럼 멋진 삶이 준비 중인 계층에 속한 인류로, 게임을 즐길 줄도 모르고 게임에서 어떤 재미도 찾지 못하는 유형의 인간이라 단정할 수 있다.

그런 그녀가 가상에서 사회를 맴돌고 있다.

나는 며칠 동안 이동하며 그녀의 넋두리 아닌 넋두리를 들을 수 있었다.

처음엔 해진 메이지 로브를 기워주었고, 천에 미스릴 실로 한 땀 한 땀 마법진을 새겨 넣어주며 내 실험에 도움을 주었다.

내가 하루 종일 걸릴 바느질을 그녀는 단 한 시간 만에 해치웠다!

달팽이 아가씬 나름 쓸모있는 바느질의 대가였다.

마법진을 수놓으며 그녀는 본격적으로 자신의 이야기를 풀어놓았다.

"우우… E&T를 왜 하냐고요? 일종의 실습이에요. 연수라면 연수죠. 집안 가업이 부동산 개발업이거든요. 저도 처음엔 이해가 안 갔어요. 부동산 개발업이 가상 게임하고 무슨 관련이냐고요……."

그녀는 E&T의 자유 도시에서 낡은 저택과 외곽의 상가를 사들이고 리모델링한 뒤 되팔며 일종의 부동산 개발 감각을 단련 중이었다.

현실에서 이삼 년 걸릴 것이 한두 달이면 그 성과가 갈리다 보니 가상은 꽤 괜찮은 부동산 개발 프로세스를 습득하는 실습장이 되어주었다.

수많은 유저들이 유입되며 자유 도시의 부동산 가치는 가파르게 올랐고, 그 덕에 그녀 역시 성취를 만끽하며 개발업자로서의 감을 키울 수 있었다.

종잣돈 일천만 원으로 시작한 부동산 거래는 5억으로 그 규모가 부풀려졌다.

굉장하지 않은가.

필드에 단 한 번도 나서지 않고 자유도시의 거물이 된 셈이다.

그렇게 그녀의 현실 삶이 순탄했듯이 가상에서도 순탄하게 펼쳐졌다.

자유 도시에서 꽤 큰 물건에 투자를 한 가운데 전혀 고려하지 않은 사건이 터진 것이었다.

바로 자유 도시 지하로 유저들이 대거 몰려가는 사태가 발생했다.

기억하는가, 이 지오님의 하수도에서의 활약을.

그 여파였다.

지상의 도시에 공실이 넘쳐 나고 거래가 끊기며 부동산 시장은 공황상태에 빠지고 말았다.

이전 지상 도시의 부동산엔 가상임에도 상상하기 어려운 거품이 붙어버린 상태였다.

그 결과, 자유 도시 지상의 부동산 가격은 대폭락을 했고, 그녀의 투자는 거품처럼 터져 버린 것이었다.

수많은 인물과 복잡한 거래, 사정이 있었지만 그녀의 몰락은 단 삼 일 만에 끝이 났다.

그녀에게 남은 것은 자유 도시 구석에 자리한 5평짜리 반지하 의상실이 전부였다. 현실 시세론 단돈 29만 원짜리 물건.

그녀는 자신의 투자가 실패했음을 인정하고 E&T에서 로그아웃하길 원했다.

하나 그녀의 집안에선 그녀에게 종잣돈을 회수할 때까지 로그아웃을 허락하지 않았다.

그 바닥에서 잃은 돈은 그 바닥에서 회수하는 것이 더 큰 공부라는 것이었다.

참, 대단한 집안… 아니, 지독한 집안이다.

아무튼 그녀는 나름 재기의 몸부림을 쳤지만, 가상의 삶은 더 이상 그녀 편이 되어주지 않았다.

그녀의 가상에서의 재주는 오직 옷을 만드는 일뿐. 현실에서 인형 옷을 만드는 것이 취미이기에 가능한 재주로, 가상의 벌이는 그녀의 재기를 돕기엔 턱없이 부족했다.

파편 전쟁의 혼란이 그녀의 재기를 더욱 더디게 방해했다.

유저 가운데 누구도 그녀가 만든 예쁜 옷을 찾지 않았다.

나름 재기의 발판을 찾던 중 그녀에게 있어 바미안에서 들리는 소식은 굉장히 매력적인 것이었다.

전쟁이 끝난 곳, E&T의 멋쟁이들이 모이는 곳, 그리고 자유 도시에 비하면 이제 막 개발이 진행되고 있는 부동산 시장…….

그녀는 자유 도시의 모든 기반을 팔아 배낭에 한 가득 담았다.

바미안에서 멋쟁이들에게 옷을 팔아 그 돈으로 부동산에 투자해 성공하는 것이 그녀의 재기 계획이었다.

하나 바미안으로 가는 길은 더 이상 공짜가 아니었다.

티켓을 끓을 돈이 없기에 아이돌의 홍보 행사에 코디로 참여해야 했다. 그리고 마침내 여기까지 올 수 있었다.

한데 지금 그 한가닥 희망마저 날아간 셈이었다.

이 거대한 배낭은 옷가게의 전부, 가상에서의 전부가 담겨 있다 해도 과언이 아니었다.

나는 그런 전부를 지금 버리라고 하고 있다.

지금 내 머릿속엔 심술로 가득 찬 상태였다.

그녀가 배낭을 버리는 순간, 나는 누가 보든 말든 바미안으로 향하는 게이트를 열 것이다.

그녀가 그토록 원하는 바미안으로 보내 버릴 생각으로. 빌어먹을 가방과 함께.

대신 그녀가 지긋지긋한 똥 배낭을 버리는 게 먼저다!

쿨한 나답지 않다고? 웬 씨리어스 모드?

…심통이 나서다.

솔직히 그랬다.

누군 바라보기 싫은 현실을 피해 가상의 삶을 찾아왔는데 누군 현실의 커다란 게임을 위해 가상의 삶을 장난처럼 여기고 있다.

게임을 게임처럼 여기는 게 잘못이냐고?

잘못 아니다. 아니, 잘못없다.

그저 현실에서 준비된 삶이 있는 사람이 가상에서 '기브 업' 하는 모습을 보고 싶을 뿐이다.

고약하다 해도 어쩔 수 없다. 가상에서만큼은 누구보다도 승자이고 싶은 게 나니까.

그걸 확인하고 싶다.

소시민적 치기와 발상이라도 스스로의 감정에 충실한 게 좋은 거다.

그녀는 집 한 채를 짊어지고 바미안으로 향하고 있다.

그 집 한 채는 바미안에 떨어지는 순간 어떻게 부풀려질지 누구도 모른다.

하나 나는 기억하고 있다.

자유 도시 상가의 어이없던 가격을.

그 가격을 누가 만들었는가?

바로 내 눈앞에 자기의 것은 절대 버릴 수 없다고 징징거리는 아가씨, 그런 분류였다.

그렇다. 자신이 무슨 일을 하는지, 그 결과로 어떤 일이 파생되는지 전혀 생각지 않는 사람들이 만든 결과다.

나 역시 지하 도시에서 승자의 기분을 만끽하려고 부동산을 매점했다.

탐욕으로 가득 찬 내 또 다른 모습이 지금 눈앞에 있는 것이다.

근데… 아니, 아니었다.

지금 그녀에게선 전혀 탐욕스러운 모습을 볼 수 없다는 것에 화가 났다.

너무 순수한 눈망울로 나를 의아한 눈으로 바라보는 것이 속을 부글부글 끓어오르게 했다.

세상에, 자신이 악당인지 모르는 악당이 있다니!

그럼 악당이 되려고 발악하던 내가 뭐가 되냔 말이냐?!

그녀의 맑은 눈망울에 삐뚤어진 내 모습이 고스란히 비쳤다.

나의 기이한 분위기에 염려하는 얼굴이 가득했다.

고개를 부르르 털어 상념을 털어냈다.

…삐뚤어질 테다.

그녀의 사정은 사정이고, 내 생각은 이랬다.

그녀의 몰락에 책임감은 아주 약간 느끼고 있지만, 그건 무시할 만한 정도다.

누가 평정해도 평정했을 지하 도시 퀘스트니까.

하나 현실이 어울리는 사람은 현실로 돌아가야 하다는 것이 내 생각이다.

집안의 억지에 가상을 떠돌고 있는 이 가상 부적응자는 어서 빨리 현실로 돌려보내고 싶다. 단지 그뿐이다.

그녀의 바느질 실력이 아주 쓸모있지만 그녀가 있을 곳은 가상이 아니고 바로 현실!

나는 목소리에 위압감을 담았다.

"…배낭을 버리세요. 지금. 당장."

그녀는 찔끔 놀라며 약간 뒤로 물러났다.

내 분위기가 심상치 않음을 그녀도 느꼈을 것이다.

하나 그녀의 대답은 의외였다.

"우우… 싫어요!"

기어들어 가는 소리로 답했지만 그녀의 의사는 명확했다.

나는 허탈한 심정을 담아 말했다. 비록 따질 자격은 없지만.

"휴, 당신의 삶은 여기가 아니잖아요? 그냥 현실로 돌아가세요. 당신이 가상에서 성취하고자 하는 작은 것에 많은 사람들의 마음에 상처를 줄 수 있다는 것을 생각해 본 적 없죠?"

"……."

내가 할 소린지… 내가 아는 한국의 부동산 개발업은 결코 아름답지 않았다.

거품에 거품. 서민에게만 터지는 폭탄 돌리기… 이것이 내가 서민의 자식으로 아는 상식이다.

그녀는 내 질문에 뜬금없다는 표정을 지었다.

하나 그녀는 곧바로 대답했다,

"우우, 그럴 순 없어요. 이제야 사람들이 왜 가상의 삶을 즐기는지 알아가는 중인데… 처음으로 동료가 생겼는데… 처음으로 친구가 생겼는데… 그들에게 꼭 내 손으로 옷을 만들어 선물하고 싶어요. 이 배낭은 친구들을 위한 선물이에요."

"……."

뜨헉!!

"우우, 배낭은 버릴 수 없어요."

의외로고… 종잣돈의 복구를 이야기할 줄 알았는데…….

"흠, 그럼 제가 들어드리죠."

"우우, 저 힘세요. 레벨이 오를 때마다 STR에 찍었거든요."

"…잉? 그럼?"

제게 진정 원하는 게 뭡니까?

그녀는 쑥스러운지 머리를 팍 숙였고, 머리 위로 삐친 배낭
의 끝이 내 면상에 부딪쳤다.

"아코……."

"…우우, 미안해요. 그러니까… 잠시 치수 좀 잴게요. 언제
헤어질지도 모르니까. 그럼 실례합니당—"

말을 마침과 함께 그녀는 순식간에 내 치수를 재기 시작했
다.

덕분에 나는 그녀가 허둥지둥 움직일 때마다 배낭에 이리
저리 부딪쳐 비틀거려야 했다.

요란스러운 치수 재기였다.

요즘 내 신상 정보를 탐내는 여성들이 왜 이렇게 넘치는지.

그녀는 치수 재기를 마치자마자 다시금 꾸벅 인사를 했고,
나는 알면서도 다시금 배낭에 안면을 강타당해야 했다.

뻔히 알면서도 당하다니… 기이한 경험이었다.

"달팽이 아… 아니, 우렁 각시님. 별명 말고 아이디가 어떻
게 되요?"

"…우우, 지금 데이트 신청하는 거임?"

으으, 끓는다 끓어!

"우우?"

"…아뇨. 이때까지 별명으로 부른 게 실례라고 생각해서
요. 제가 친구라면서요? 친구 아이디 정도는 알아야죠. 전 메
이지 지오입니다."

볼을 붉게 물들인 그녀가 대답했다.

"우우, 우우예요."

"……."

나의 벙찐 표정에 그녀의 볼이 부풀어 올랐다.

미쳐…….

우리만의 파티를 구성했다.

민폐절정 우우, 절정의 저주사 큐브, 또라이 몽 등의 동료들과 파티를 결성했다.

음… 큐브 같은 경운 우우와 친구라서 참여하게 되었다.

간간이 같이 있는 걸 보긴 했는데, 둘이 그렇게 우정을 나눴을 줄은 몰랐다.

큐브가 앞서 가는 파티들을 사나운 눈으로 노려보았다.

"제길, 금속충엔 저주가 안 통해. 정신없는 것들! 정신 계열 마법이 소용없다고 나를 퇴출시키다니… 분해!"

아, 그런 거였어?

그녀 역시 공장들에게서 퇴출당한 것이었다.

그렇게 새로이 꾸려진 파티원들의 면면을 살피는데, 어느새 공장들이 지휘하는 파티들이 은의 지대로 들어가고 있었다.

푸스스스스—!

은빛 금속 포자들이 뿌옇게 피어올랐다.

뒤에 따라오는 파티는 어떻게 되든지 말든지 공장들은 마구잡이로 금속 버섯 무리를 베어 넘기며 질주하고 있었다.

꼭 그럴 필요가 없는데 말이다.

그때 언뜻 여우 대가리가 우리 쪽을 돌아보는 게 눈에 들어왔다.

그는 야비한 미소에 득의양양한 얼굴로 나를 찾았다.

그리곤 뿌연 금속 포자 속으로 사라졌다.

그가 사라지자마자 금속 포자가 구름처럼 일었다.

고의적으로 금속 포자를 터뜨리고 있었다.

"저 자식이?! 뭐 하자는 수작이야?"

의문은 곧 풀렸다.

땅이 흔들리며 등 뒤에서 뭔가가 솟구쳐 올랐다.

파핫—!

거대하면서도 길쭉한 덩어리였다. 말미잘이 연상되는 형태였다.

곧 말미잘처럼 머리 부위가 열리며 촉수가 하늘거렸고, 중앙 부위에서 기다란 이물질이 올라왔다. 그것은 지네의 형상을 갖추고 있었다.

말미잘 둥지 안에 붙어 있는 지네형 몬스터였다.

번들거리는 검붉은 몸체는 금속에 가까웠다.

말미잘 둥지는 고정이었지만 지네의 몸체는 수축과 팽창이 자유자재였다.

후우웅—!

기다란 몸체가 고무줄처럼 늘어나더니, 멀뚱히 서 있던 유저 한 명을 낚아채 잡아당겼다.

그리고는 말미잘 둥지 속으로 던져 버렸다.

"아악!"

가상임에도 모골이 송연해질 비명이 터져 나왔다.

이것이 시작이었다.

부서진 버섯 지대에서 우후죽순처럼 말미잘 지네가 지면을 뚫고 튀어나왔다.

개중엔 코끼리를 집어삼킬 정도로 큰 녀석도 있었다.

누군가의 입에서 고함이 터져 나왔다.

"뛰어!"

다들 이미 뛰고 있었다.

"이것들이……."

그랬다. 여우 대가리와 그 일당은 이들의 존재를 알고 있던 것이었다.

척후조를 통해 이들의 존재를 파악했음이라.

처음엔 회피하려 했지만 더 이상 활로가 보이지 않자 재물로 불만 많은 사장들을 던져 버린 것이었다.

우리는 공장들이 엉망으로 만들어 버린 버섯 지대를 뒤따를 수밖에 없었고, 부서진 버섯에선 어김없이 화난 말미잘 지네가 튀어 올랐다.

금속 포자가 호흡과 시야를 방해했다.

멀리 보이던 언덕도 금속 포자 구름에 가려져 보이지 않았다.

다들 대충 방향을 가늠한 상태에서 무작정 달리는 셈이었다.

그로 인해 무수한 유저들이 은의 지대로 뿔뿔이 흩어지고 말았다.

곳곳에서 단말마의 비명이 울려 퍼졌다.

갑작스러운 사태에 다들 변변한 저항도 하지 못한 채 당하고 있었다.

깨어진 파티, 새로 만든 파티에 적응할 시간이 있었으면 저렇게 허무하게 당할 유저들이 아님에도…….

살기 위해 동료를 버린다?

아니, 살기 위해 고객을 버린다?

바미안으로 가는 길이 어찌하여 서바이벌 경쟁이 되어버렸는지 기가 막혔다.

말미잘 둥지가 고정형이고 지네의 공격 범위가 제한적이기 망정이지, 빠르게 달리면 따돌릴 수 없는 몬스터는 아니었다.

무조건 달려야 했다.

"헉헉!"

은의 지대에 깊숙이 들어갈수록 진로를 막는 많은 말미잘 지네가 나타났다.

지네 부위는 먼저 지나간 공장들을 향해 신경질적인 몸짓을 하고 있었다.

곧 다가오는 우리를 돌아보리라.

나는 스태프를 말미잘의 밑동을 겨냥했다.

뒤로 손짓을 해 후폭풍을 주의하라는 신호를 보냈다.

그리고는 확인도 하지 않고 플라즈마를 발사했다.

빠웅—!!

특유의 기음이 터지며 새파란 플라즈마 탄이 말미잘 밑동을 정확하게 관통했다. 그리고 말미잘 지네를 중심으로 커다란 폭발이 발생했다.

내부에서 유폭을 일으키는 전차 같은 모습이었다.

말미잘 지네는 요란스럽게 퍼득거리더니 축 늘어졌다.

의외로 약했다.

아님 유독 나에게만 약한 것인지 지금은 평가 불가다.

아무튼 발사된 플라즈마는 시야를 가리던 금속 포자를 녹여 시야를 잠시나마 확보할 수 있게 해주었다.

약간 틀어지긴 했지만 일행은 언덕 방향으로 나아가고 있었다.

물론 이 약간의 틀어짐은 종국엔 엉뚱한 장소를 헤매게 할 수도 있다.

아무튼 플라즈마의 강렬한 빛은 중구난방으로 흩어졌던

유저들의 시선을 잡아끌기 충분했다.

누군가의 외침이 이들을 더욱 자극했다.

"용자를 따르라!"

"용자가 길을 뚫고 있다."

부담 백배를 느낄 겨를이 없었다.

목표지의 방향을 내가 확인했기에 나는 그곳으로 가야만 했다.

얼른 스태프의 플라즈마 구슬을 교체하고는 목적지를 가늠하고 달렸다.

등 뒤로 무수한 이들의 인기척이 느껴졌다.

…간만에 길을 뚫는군.

『기갑전기 매서커』 11권에 계속…

PART II   BLOOD KNIGHT
캐릭 컨셉화   [블러드 나이트]

흐르는 섬을 지키는 수문장들이다.

Rough
Sketch   - Yu Ra Kim

저작권 보호!!
장르문학의 성장에 힘이 되어주십시오.

저작물의 무단 전재와 복제, 불법 다운로드!
이것은 관심이 아니라 무관심입니다!

작가님들은 창의적 열정과 시간을 투자해 자신의 꿈과 생계를 유지합니다.
한 권의 책을 만들어 많은 사람들은 자신의 인생과 미래를 설계합니다.

저작물 속에는 여러 사람의 노력과 희망이
담겨 있습니다!

저작물의 무단 전재와 복제, 불법 다운로드는 여러 사람들의 꿈과 생계를
위협함으로써 장르문학을 심각한 상황에 빠뜨리고 있습니다.

이제는 무관심이 아니라 관심으로 장르문학의
성장에 힘이 되어주세요.

[도서출판 **청어람**은 항시적인 저작권 보호를 통해 장르문학과
여러분의 희망을 지키겠습니다.]

도서출판 **청어람**

RELOAD

리로드

Book Publishing CHUNGEORAM

이수영 판타지 장편 소설

'Fly me to the moon' 의 작가 이수영!
'리로드Reload' 로 귀환하다!

—변약한 운명 하나를 쥐어 그 자리에 넣었구려. 하나 그대가 되돌린 인간은 란단이라거껀 너무도 갑한 운명을 가진 자요. 그자로 인하여 뒤틀릴 운명들은 어짜하리오?

운명의 여신이 준엄하게 물었다.

—나는 대가를 치렀소. 운명의 여신 베기르 라라여, 동의하시오?

전신(戰神) 카자르 앤더는 하나 남은 혈손을 위해 신력의 반을 희생했지만 그의 투기는 흔들리지 않았다. 그는 현존하는 전쟁의 신이고 대륙에서 가장 크게 숭앙받는 신이었다. 하위 신들과 비슷할 정도로 신력이 감소했어도 그의 영향력은 줄어들지 않았다.

—오만하구려, 카자르 앤더여.

베기르 라라가 냉소했다. 운명의 여신은 평소에는 조용했지만 뒤틀린 시간과 인과에 대해서는 엄격하였다. 그녀가 다스리는 운명의 굴레는 신들조차 벗어날 수 없는 것. 장대를 휘두르는 눈먼 여신을 신들도 두려워했다. 그러나 오만하고 교활한 전신(戰神)은 그녀를 외면하고 항의하는 다른 신들을 향해 미소 지었다.

—누누이 말하지만, 말로만 떠들지 말고 덤벼.

● '낙월소검(落月笑劍) - 달빛은 흐르고 검은 웃는다'
BOOKCUBE에서 절찬 연재 중.